DOMINIQUE DYENS

Dominique Dyens vit à Paris. Elle est l'auteur de six romans dont trois suspenses psychologiques aux mécaniques diaboliques, *La Femme éclaboussée* (Denoël, 2000), *Délit de fuite* et, récemment, *Lundi noir* (tous deux parus aux éditions Héloïse d'Ormesson, 2009, 2013). Elle écrit également pour le cinéma et la jeunesse, et collabore à diverses revues littéraires.

INTUITIONS

DOMINIQUE DYENS

INTUITIONS

ÉDITIONS HÉLOÏSE D'ORMESSON

FSC
www.fsc.org
MIXTE
Papier issu de sources responsables
FSC® C003309

Pocket, une marque d'Univers Poche, est un éditeur qui s'engage pour la préservation de son environnement et qui utilise du papier fabriqué à partir de bois provenant de forêts gérées de manière responsable.

ISBN : 978-2-266-22303-4

À ma grand-mère Yvonne

Il y a des événements dans la vie qui sont si douloureux qu'on les gomme, on les froisse en une boulette de papier, on les coince à l'arrière du cerveau, dans une anfractuosité que même notre inconscient ignore. L'amnésie peut ainsi durer des années. Mais il suffit d'un grain de sable pour que les souvenirs remontent à la surface, flottant comme des corps morts. Le plus terrible est qu'en réapparaissant, ce passé peut générer des dommages collatéraux plus dramatiques encore que l'événement originel.

L'histoire de Nathalie et Patrice Royer aurait pu arriver à n'importe qui. Car ces gens sont comme nous. Ou presque. Mariés, des enfants, un travail, une maison. Et puis un jour, sans qu'aucun n'y ait été préparé, leur vie a basculé.

Première Partie

La cuisine avait été refaite juste avant le passage à l'an 2000. Elle avait coûté 100 000 francs, ce qui, à l'époque, était une somme, mais les Royer avaient les moyens. Sans pour autant posséder cette immense fortune dont quelques-uns sont dotés à la naissance, Nathalie Royer détenait un joli patrimoine familial qu'ils avaient fait fructifier sans jamais avoir eu besoin de toucher au capital. Les revenus du couple étant par ailleurs confortables, les Royer n'avaient donc pas hésité à s'équiper, de même qu'ils avaient entièrement repeint leur maison, de cette cuisine Mobalpa dans laquelle se déroule la première scène du roman. Le décor est assez traditionnel, le couple ayant opté pour un classicisme à l'italienne, mais la pièce est conviviale. C'est ici qu'ils prennent leurs petits déjeuners.

Si l'on effectue un zoom arrière, on constate qu'un salon et une salle à manger attenante sont également situés au rez-de-chaussée de cette maison de maître qui date de la fin du XIXe siècle. Les meubles sont essentiellement d'époque Louis XV, commode en marqueterie de fleurs, petites tables en chiffonnière dans les coins et pendule rocaille sur le manteau de cheminée. Cependant, hormis deux sièges et deux bergères sculptées, les Royer ont choisi des canapés en cuir de chez Roche Bobois, plus contemporains et plus pratiques pour recevoir. À l'arrière, l'ancienne lingerie a été réaménagée en un confortable bureau d'une douzaine de mètres carrés. Le premier étage dessert trois chambres, dont deux possèdent leur propre salle de bains. Légèrement en retrait du palier, un petit escalier mène à une autre porte, probablement une quatrième chambre. Mais elle est toujours fermée à clef et il semble que personne n'y aille jamais.

Sur Google Earth, on voit que la maison est située dans le triangle d'or d'une ville résidentielle et huppée des Yvelines, voisine de Saint-Germain-en-Laye mais cependant beaucoup plus petite. La plupart des habitants se connaissent, et souvent d'une génération à l'autre. Car quand on est natif de Bois-Joli, à moins d'un problème grave, on y reste toute sa vie.

Dans cette agglomération, le mandat du maire UMP est reconduit sans heurt depuis une vingtaine d'années, il en a été de même de son prédécesseur RPR, et le taux de fréquentation de l'église est nettement supérieur à la moyenne nationale. Bien que d'esprit très français, Bois-Joli s'est développé en s'inspirant du modèle sociétal anglo-saxon. L'efficacité de ses œuvres de charité et la variété de ses clubs privés en témoignent. Lorsque, au milieu des années 1980, des entreprises européennes et américaines de technologies de pointe ont investi la région, un lycée international a été implanté dans la commune voisine. Depuis, le nombre d'expatriés n'a cessé de croître.

Ce 15 septembre 2008, Nathalie s'est levée d'humeur fragile. Elle aurait préféré rester dans son lit. Ce n'est pas tant le froid, car la température de septembre est encore douce, qui la met dans cet état, mais la bruine persistante lui donne le cafard. Ainsi qu'une ou deux autres choses auxquelles elle essaie de ne pas penser.

Le premier geste de Nathalie en se réveillant est de mettre la cafetière en marche. Puis, pendant que le café filtre lentement, elle passe à la salle de bains. Une fois qu'elle a uriné, elle vérifie sa toison, à la recherche d'un poil grisonnant. Cet examen est parfaitement inutile car Nathalie est blonde et n'a que très peu de cheveux blancs. Mais cette nouvelle manie est due au fait qu'elle approche des cinquante ans, et bien qu'elle n'ait jamais imaginé avoir un jour la vanité de cacher son âge, elle ne l'assume pas. Nathalie trouve que c'est un passage délicat pour une femme, d'autant qu'il s'accompagne de désagréments comme les bouffées de chaleur et les insomnies qui la rendent vulnérable et irascible. Le plus affligeant dans tout ça, pense-t-elle en se lavant les mains, c'est l'altération du désir. Pas tant sur le plan sexuel, car depuis que Patrice ne la sollicitait plus, elle se découvrait au contraire des appétences parfaitement incongrues et qu'elle ne soupçonnait pas. En réalité, ce qui rend Nathalie nostalgique, c'est la perte d'envie. Avant, elle éprouvait du plaisir à manger un gâteau, à acheter une nouvelle paire de chaussures, à organiser son week-end annuel dans une capitale européenne. Aujourd'hui, elle ne ressent plus rien. Personne dans son entourage ne s'en aperçoit, pas plus Patrice qu'Amélie ou l'une ou l'autre de ses amies. Car Nathalie continue de s'habiller avec soin et se maquille tous les matins. Elle a déjà planifié un voyage à Londres pour le printemps prochain. Elle suit l'actualité, a des idées et les exprime, même si Patrice la contredit systématiquement, et reçoit des gens à dîner. Si rien ne transparaît de son vague à l'âme, c'est parce que Nathalie a toujours voulu sauver les apparences. C'est important pour elle, le qu'en-dira-t-on. Heureusement, son travail lui permet de garder la tête hors de l'eau. Nathalie possède une agence immobilière qui lui fait temporairement oublier que sa vie, tout comme son horloge biologique, est cruellement en train de se détraquer.

Lorsqu'elle pénètre dans la cuisine, Patrice est déjà là. Il s'est servi sa première tasse avant que l'eau ne se soit entièrement écoulée, ce qui a toujours eu le don d'agacer Nathalie. Mais plutôt que de lui en faire la remarque, elle s'assoit en face de lui.

— Tu as bien dormi ? lui demande Patrice en beurrant un toast.

Nathalie avait eu un sommeil agité et s'était réveillée plusieurs fois dans la nuit, ce que Patrice aurait dû savoir s'il faisait plus attention à elle. Elle attend donc qu'il lui dise quelque chose, un mot, n'importe lequel, ou bien qu'une inflexion différente, plus tendre peut-être, lui fasse sentir qu'il est là, avec elle, mais il n'ajoute rien. Il a posé la question comme ça, machinalement, comme le font entre eux les gens bien élevés. Ce qu'ils sont, indiscutablement.

— Il faudrait que tu achètes du beurre. Et du lait. Il n'y en a presque plus.

Nathalie ne répond pas, se lève et allume la radio. La banque d'investissement Lehman Brothers vient d'être déclarée en faillite.

— C'est une catastrophe ! s'écrie Nathalie en augmentant le volume. Tu te rends compte ? Et si notre banque aussi faisait faillite ?

— Ne sois pas ridicule !

— Mais qu'est-ce qu'on peut faire ?

— Qu'est-ce que tu veux faire ? Retirer ton argent et le cacher sous les lames du parquet, comme tes parents en 68 ?

Il ouvre son journal, visiblement agacé, puis le referme brutalement avant d'ajouter :

— J'espère que la populace ne va pas réagir comme toi, sinon l'économie française ira droit à la catastrophe !

Nathalie cherche du regard ses céréales mais Patrice a laissé la boîte dans le placard. Elle n'a pas envie de se lever de nouveau. Elle prend un toast chaud dans la panière et croque dans le pain sec. Puis elle se sert un bol de café fumant. Son estomac est noué.

— Tu es au courant que l'immeuble du boulevard des Sablières est à vendre ? reprend Patrice pour changer de sujet. Axa démantèle en appartements. Tu pourrais te mettre sur les rangs… Il y a déjà plusieurs agences…

— Ce n'est pas mon créneau…

Au loin, ils entendent une porte claquer. Puis une seconde, suivie d'une cavalcade dans l'escalier. Une masse vêtue de noir pénètre dans la cuisine, jette négligemment un sac sur le sol et ouvre le réfrigérateur. Parfois, Nathalie a l'impression que sa fille est un Shadok, un de ces petits personnages qui faisaient un tabac à la télévision dans les années 1970.

— Bonjour Amélie ! dit Nathalie en élevant la voix.

Elle ne supporte pas l'incivilité de sa fille.

— Y a plus rien à manger ici !

— J'aimerais que tu dises bonjour le matin !

Nathalie a pris ce ton glacial qu'elle affectionne depuis toujours.

— C'est trop te demander ?

— Salut salut…

— Par ailleurs, si tu as des doléances sur l'approvisionnement de la maison, le supermarché est à 300 mètres.

— C'est pas ça, mais le matin je bois du Danao ! C'est quand même pas difficile à piger !

— Arrête de te plaindre ! Et coiffe-toi. Tu fais négligée.

Amélie a claqué la porte d'entrée et Patrice s'est éclipsé. Nathalie entend le scooter démarrer et l'eau de la douche s'écouler. Elle regarde ses ongles puis prend un bloc dans lequel elle note les tâches de la journée. Ils reçoivent à dîner et Nathalie ne veut rien oublier. Lorsque Patrice est sur le point de partir, elle le rejoint dans l'entrée.

— À ce soir ! dit-il en l'embrassant sur le front.

Il ajuste sa cravate, prend son attaché-case et sort en laissant derrière lui le sillage boisé de son eau de toilette.

Habituellement, à cette heure, Nathalie est également sur le point de sortir, mais pas aujourd'hui. Car aujourd'hui est un jour différent. Une date à propos de laquelle elle aurait aimé que Patrice dise quelque chose.

Elle prend le calendrier 2008 de l'Association familiale catholique de Bois-Joli coincé derrière le radiateur et examine la page du 15 septembre. Saint Notre-Dame-des-Douleurs. Nathalie lit à haute voix la citation de saint Anselme. *Votre peine, Vierge sacrée, a été la plus grande qu'une pure créature ait jamais endurée ; car toutes les cruautés que nous lisons que l'on a fait subir aux martyrs ont été légères et comme rien en comparaison de votre douleur. Elle a été si grande et si immense qu'elle a crucifié toutes vos entrailles et a pénétré jusque dans les plus secrets replis de votre cœur. Pour moi, ma très pieuse Maîtresse, je suis persuadé que vous n'auriez jamais pu en souffrir la violence sans mourir, si l'esprit de vie de votre aimable Fils...*

La voix de Nathalie se casse. Elle reprend.

Si l'esprit de votre aimable Fils pour lequel vous souffriez de si grands tourments ne vous avait soutenue et fortifiée par sa puissance infinie.

Les pieds de Nathalie effleurent le carrelage à damier et montent l'escalier. Dix-neuf ans ! Comment Patrice avait-il pu oublier cette date ! Son cœur se décroche sous l'effet de la colère. Elle entre dans sa chambre, prend dans le tiroir de sa commode un minuscule objet, qu'elle tient dans son poing serré, et s'assoit sur le bord du lit, les bras repliés, l'esprit ailleurs. Enfin, elle resserre les pans de sa robe de chambre et ramasse ses cheveux en un chignon serré. Puis elle ouvre le placard du palier et prend un balai, un chiffon doux et un spray dépoussiérant. Elle gravit ensuite la dizaine de marches supplémentaires qui mène à la chambre bleue et introduit la clef dans la serrure.

Patrice monte dans sa 607 en pensant que ce sera peut-être la dernière berline haut de gamme produite par Peugeot. Pourtant, il ne se résout pas à acheter allemand ou japonais l'année prochaine. Les Royer sont, de père en fils, fidèles aux marques françaises et l'histoire montre qu'ils ont eu raison. À présent, Patrice lutte à son petit niveau contre l'hégémonie chinoise et refuse cette hypermondialisation qui s'est développée au détriment des plus beaux fleurons français. Il ne sait pas si ses idées s'apparentent à un protectionnisme d'extrême droite ou si elles sont plus proches d'un système de pensée gauchiste, mais cela lui est égal. Il ne se reconnaît aucunement dans les extrêmes, de toute façon, même s'il se situe à droite de la majorité, qu'il considère trop centriste.

Il allume Europe 1 et sourit en entendant la voix de l'humoriste. En roulant à une vitesse raisonnable jusqu'à son cabinet, il pourra entendre l'intégralité de la revue de presse de Nicolas Canteloup. Patrice Royer est avocat. Spécialiste du droit de la famille. 80 % de ses affaires concernent des divorces. Sa clientèle est en partie constituée d'hommes qui pensent que, par solidarité masculine, il défendra mieux leurs intérêts. Ce qui est une absurdité.

Soudain, Patrice jure en freinant. Il réalise qu'il a oublié chez lui un dossier sur lequel il a travaillé la veille. Il met son clignotant à gauche puis refait le chemin inverse en appuyant sur le champignon.

Pour ne pas perdre de temps, il laisse sa voiture dans la rue et entre dans la maison. Il y flotte encore une odeur de café et de pain grillé mais Nathalie n'est plus dans la cuisine. Il pénètre dans leur chambre et saisit le dossier qui est au pied du lit.

— Ce n'est que moi ! J'avais oublié des papiers ! prévient-il pour que sa femme ne soit pas effrayée.

Le silence le surprend. Il pousse la porte de la salle de bains attenante mais sa femme n'y est pas.

— Nathalie ! appelle-t-il d'une voix plus forte depuis le palier.

Son regard s'immobilise une demi-seconde sur la chambre du haut. Il aperçoit la clef dans la serrure et se fige.

— Nathalie ! Sors de là !

Elle le regarde du haut des marches.

— Tu n'étais pas censé revenir, dit-elle pour s'excuser.

— Ferme et donne-moi cette clef !

— Non.

— Si ! dit-il en tendant la main.

— Tu ne m'empêcheras pas d'y entrer si j'ai envie d'y entrer.

— Combien d'années encore vas-tu ruminer ? Vingt ans ont passé ! s'exaspère-t-il.

— Dix-neuf très exactement. Et c'était l'anniversaire aujourd'hui…

— Anniversaire ! Mon cul ! s'emporte-t-il.

— Ce que tu peux être grossier, mon pauvre ami…, réplique-t-elle en levant les yeux.

— Tu es folle ! Complètement folle !

— Je ne sais pas pourquoi je t'ai épousé ! Tu n'as aucune sensibilité… Tu ne…

Patrice ne la laisse pas finir sa phrase. Il monte les cinq marches et tire sa femme par le poignet. Nathalie s'accroche à la rampe en poussant un cri strident. Patrice referme la chambre et met la clef dans sa poche. Puis il ajuste son dossier sous son bras et descend le grand escalier, le visage crispé. Nathalie le suit en hurlant :

— Tu n'es qu'un lâche... Tu...

Patrice claque la porte d'entrée sans qu'elle ait le temps de finir sa phrase. Puis il l'ouvre à nouveau et prend son sac de golf.

— Tu n'auras pas le temps de faire ta partie... de golf ! le prévient-elle en ayant soudain retrouvé tout son calme.

Patrice lève la tête avec arrogance. Elle poursuit :

— Les Lucet et les Champenois viennent dîner. L'aurais-tu oublié ?

L'homme regarde fixement son épouse, manque de dire quelque chose, se ravise, ajuste son sac sur son épaule et referme derrière lui. Ses pas crissent sur le gravier. Nathalie resserre les pans de sa robe de chambre.

En sortant de la salle de bains, elle repense à cette date du 15 septembre que Patrice refuse d'évoquer. Elle avait vingt-huit ans et Grégoire allait sur ses trois ans. P'tit bout de chou ! Qu'il était mignon ! Et cette joie de vivre qui l'habitait ! Il la communiquait à chacun. C'étaient les plus belles années de sa vie. Jamais par la suite Nathalie ne connut un tel bonheur. Même après l'arrivée d'Amélie. Elle était un cadeau de Dieu mais aucun enfant ne saurait prendre la place d'un autre. Nathalie l'avait couvée bien plus qu'elle n'aurait dû et cela expliquait peut-être le comportement agressif de sa fille. Plus elle grandissait et plus Nathalie avait l'impression d'être jugée. Qui sait ce qu'Amélie pensait d'elle. Probablement qu'elle était une mère conventionnelle et bourrée de principes. Nathalie ferme la porte de sa chambre et contemple son corps nu dans le miroir. Elle se sent terriblement vieille, comme si la vie désormais était derrière elle.

Au bureau, Patrice a du mal à se concentrer sur son travail. Nathalie l'effraie. Elle est étrange, fantasque, sujette à de fréquentes crises d'hystérie. Non pas que ce soit nouveau. Nathalie a toujours été une femme insatisfaite. Et comme épouse et comme mère. Socialement aussi, Nathalie a toujours envié les autres. Rien n'est jamais assez bien, assez beau, assez drôle, assez élégant, assez reposant, assez excitant. Si tant est que Nathalie soit capable d'être excitée. Même au lit, c'est une femme froide. Lumières éteintes et position du missionnaire.

Pourtant, ils avaient été proches à une époque de leurs vies. Maintenant c'était fini. Patrice trouvait son épanouissement ailleurs.

Habillée, Nathalie fait encore illusion. Car elle est mince et élancée. Mais nue, c'est une autre paire de manches, se dit-elle. Ses seins tombent et elle doit désormais les placer dans le bonnet du soutien-gorge pour qu'ils aient l'air de quelque chose. Une main sur le ventre, elle observe son profil dans le miroir. Son regard descend le long des cuisses. Elle en ouvre légèrement une puis, d'une main, fait trembloter sa face interne. Ses bras aussi lui font penser à du veau en gelée. Le pire c'est son visage. Elle a beau cacher ses rides sous une tonne de fond de teint, la crème ne fait qu'accentuer la profondeur des sillons. Peut-être que si elle n'était pas aussi blonde… Peut-être aussi que si son mari la désirait… Nathalie se demande parfois si Patrice ne l'a pas épousée par raison. Pour le qu'en-dira-t-on. Car, à Bois-Joli, les gens attendent d'être mariés avant de faire un bébé. À l'époque, elle avait vingt-quatre ans. Et des envies de femme. À présent, elle n'en a plus. Ou presque. Seulement dans sa tête. Enfin dans son corps, mais pour des gens qui sont dans sa tête. Des gens, des hommes. Des fantasmes, quoi. Depuis quand Patrice ne la touche plus ? Il paraît qu'ils sont des milliers comme ça à ne plus toucher leur femme mais seulement celles des autres. Certes on est toujours la femme d'un autre mais elle serait bien incapable de tromper Patrice. Tout en s'habillant, Nathalie pense que sa famille est ce qu'elle a de plus cher au monde. Vraiment. Et cette idée la fortifie tandis qu'elle pénètre dans la chambre d'Amélie.

Ma mère a toujours farfouillé dans mes affaires. Si elle croit que je ne le sais pas. Mais je suis plus maligne qu'elle. Elle ne trouvera jamais rien. Ni pétards, ni pilules, ni mots d'amour. Même mon ordi est archiprotégé. Actuellement, j'ai trois mots de passe pour sauvegarder ma vie ! Bien trop compliqué pour qu'elle y mette son nez.

Je m'appelle Amélie. Amélie Royer. J'ai seize ans et, comme on dit, *la vie devant moi*. À condition que je ne croupisse pas trop longtemps ici. Je veux dire, à Bois-Joli, chez mes parents. Ce n'est pas que je les aime pas ou quoi, d'ailleurs même les pires parents au monde, du genre de ceux qui violent leurs gosses ou enferment leurs petits frères dans le congélateur, même ceux-là sont aimés de leurs enfants. Il faut vraiment être con mais bon moi je répète ce que disent les experts en enfance malheureuse.

En ce qui me concerne, je ne souffre d'aucune maltraitance familiale et mon seul problème se résume à ce questionnement perpétuel *d'où viens-je, qui suis-je, où vais-je ?* En d'autres termes, *Putain ! Merde ! Pourquoi la vie m'a donné des parents comme ça !* Comme si nous n'étions pas du même monde. Comment dire ?... Je me sens tellement différente d'eux, au point que, régulièrement, je me demande s'ils sont bien mes parents. Parfois, j'imagine que j'ai été adoptée ou que j'ai été échangée avec un autre gosse à la clinique, du genre les Groseille-Le Quesnoy dans *La vie est un long fleuve tranquille.* Bref je me fais tout un cinéma pour aboutir inévitablement à la conclusion que oui, au vu de mon front bombé et de mes sourcils broussailleux, je suis bien la fille de Patrice et Nathalie Royer.

Mes parents, puisqu'il faut bien les appeler ainsi, sont des petits-bourgeois. Cathos. De droite. Parce que les cathos de gauche c'est autre chose, mais je vous fais grâce d'une étude sociologique comparative qui serait fastidieuse et d'autant plus inutile que même un parfait abruti est capable de faire la différence entre ces deux catégories.

Bref ! Observant mes parents depuis un certain nombre d'années, je peux affirmer sans ambages que je ne leur ressemble pas (en tout cas pas encore !) et surtout que je ne veux pas leur ressembler. C'est peut-être pour cette raison que je consigne tout sur un petit cahier dont le titre provisoire est *Les Miscellanées de la famille Royer* ! Au cas où, sur le tard, j'en viendrais à trop leur ressembler, mes enfants pourront toujours m'en parler.

Même leur façon de s'habiller est à chier. Les costumes de papa sont tellement classiques que, lorsqu'il s'achète de nouveaux vêtements, personne ne le remarque. Ses chemises sont systématiquement soit blanches soit bleues. Parfois, il ose le rayé bleu et blanc mais c'est rare. Le week-end, ou bien pour faire du golf, il met un polo Lacoste. En semaine, maman aussi porte des costumes par-dessus des chemisiers en soie et des hauts très conventionnels. Enfin pour les femmes, on dit *tailleurs* mais ils sont faits dans les mêmes tissus que ceux des hommes. Il n'y a que le samedi qu'elle ose le jean Ralph Lauren. Tout n'est peut-être pas perdu pour elle.

Nous dînons tous les soirs dans la salle à manger. Entrée, plat, fromage et dessert. C'est à mourir d'ennui. Mes parents regardent les infos quand moi je veux mater ma série et ils sont évidemment contre le fait que j'aie une télé dans ma chambre. Il paraît que ça tue la famille. Résultat, je me tape le journal télévisé cinq jours sur sept. Car, quand il y a des invités, j'en suis dispensée.

Comme vous pouvez le constater, ma vie chez les Royer n'est pas top. Heureusement que j'ai le lycée et ma copine Alexandra pour me changer les idées !

Depuis quelques jours, Amélie laisse sa chambre dans un tel désordre que Nathalie refuse que la femme de ménage y mette son nez. Elle-même est excédée de devoir sans arrêt lui répéter de ranger ses affaires.

Elle ouvre son armoire et secoue la tête, consternée par les tenues que sa fille emprunte. Car il n'est pas question qu'elle-même lui donne un sou pour acheter ce genre de vieilles nippes ! Aujourd'hui les filles n'en font vraiment qu'à leur tête. Tout du moins Amélie, qui a un fichu caractère.

Nathalie ouvre la troisième porte du palier. L'atmosphère de la pièce est feutrée et le jour transparaît à peine derrière les lourdes tentures de brocard bleu. Nathalie allume la lampe de chevet et jette un regard circulaire d'un air satisfait. Ici tout est propre. Le ménage est fait régulièrement. La poussière n'a pas le temps de se redéposer. Nathalie s'approche de la petite bibliothèque blanche qu'ils avaient achetée à l'époque chez Tartine et Chocolat et prend, sur l'étagère du haut, une de ces petites voitures de course que Grégoire affectionnait tant. Comme le temps passe vite ! Et pourtant, ses souvenirs de bac à sable au square municipal, de randonnées en forêt, de déjeuners sur l'herbe et de promenades à vélo sont encore vifs. Grégoire était un si joli petit garçon ! À présent, tout ce bonheur est derrière elle. Plus rien ne sera jamais comme avant. Le cœur serré, Nathalie effleure un ours en peluche puis entend la porte d'entrée claquer.

Elle regarde sa montre. 10 heures ! Déjà ! Elle descend d'un pas rapide jusqu'à la cuisine où la femme de ménage commence à s'activer.

— Bonjour Manuela ! Vous n'avez pas oublié que je donne un dîner ? Mais qu'est-ce que vous faites, malheureuse !? La confiture ne se range pas au frigidaire ! Combien de fois devrai-je vous le répéter ? Vous vous êtes lavé les mains ? Bien, j'espère… Bon écoutez-moi, Manuela, je n'ai pas le temps de… Non !

Ne jetez pas les bouchons de plastique, ma pauvre ! Vous savez bien que je les récupère pour notre association ! Bon alors. Ce soir, je reçois. Nous serons six. Vous préparerez un petit en-cas pour Amélie. Quelque chose de facile à réchauffer… Donc la table pour six, le Limoges de bonne-maman et la ménagère Christofle… Vous lavez la salade, vous disposez le fromage sur le plateau à 18 heures et vous…

Manuela est habituée aux recommandations de sa patronne, elle hoche la tête, ouvre le réfrigérateur, vérifie le contenu du bac à légumes.

— Et comme dessert, madame ?

— J'ai commandé un gâteau. J'irai le chercher en sortant du bureau.

Nathalie enfile son imperméable Burberry et ajoute :

— Vous faites le service, bien sûr… Personne ne partira très tard…

— Justement ! Il faudrait revoir le tarif du soir… Parce que…

— Vous plaisantez ? C'est la crise dans le monde ! Vous n'avez pas entendu les informations ? Il faut suivre de temps en temps !

Nathalie a répondu de manière glaciale. Elle poursuit, le dos tourné :

— Une augmentation n'est vraiment pas d'actualité, ma pauvre Manuela ! Et à votre place, je m'estimerais même heureuse d'avoir du travail !

Tout en conduisant, Nathalie est contrariée. Elle aurait dû répondre moins sèchement à son employée, mais elle déteste parler argent. Heureusement, à l'agence, elle n'a aucun salarié pour l'enquiquiner sur le sujet ou l'attaquer aux prud'hommes ! Si Manuela la quittait, elle serait vraiment ennuyée. Aucune ne lui arrive à la cheville. Mais il n'y a pas de quoi s'inquiéter ! Maintenant que son maçon slovaque l'a laissée avec leur petit garçon, Manuela ne prendra jamais le risque de quitter son emploi. On sait ce qu'on perd, on ne sait pas ce qu'on trouve !

Elle déverrouille la porte de l'agence immobilière dont la vitrine de gauche est dédiée aux ventes traditionnelles de maisons et d'appartements, tandis que celle de droite présente une sélection de locations meublées. Nathalie développe cette branche depuis déjà un petit moment et, avec la crise qui s'annonce, elle trouve qu'elle a été bien inspirée ! Certes, l'activité est moins rentable mais aussi moins risquée. Ses clients sont des entreprises allemandes, japonaises ou américaines implantées dans la région et qui cherchent des logements pour leurs expatriés. Depuis la construction du lycée international, la demande n'a cessé de croître et le turn-over est fréquent. Les belles propriétés de Bois-Joli répondent parfaitement aux demandes et Nathalie peut s'enorgueillir d'avoir une excellente réputation auprès des DRH. Car les bons produits sont rares et la notoriété d'Équation, le nom de son agence, s'est bâtie sur la richesse de son carnet d'adresses. Patrice dit souvent d'elle qu'elle est pugnace. *Lorsque Nathalie veut, Nathalie a.* C'est vrai. C'est dans l'adversité que Nathalie a toujours été la meilleure.

18 heures. Nathalie prend sur le siège avant de sa voiture un grand carton qui provient de la pâtisserie la plus réputée de Bois-Joli. Elle avance sur le gravier en tenant précautionneusement la boîte rose par le fond.

Pour ne pas avoir à fouiller dans son sac, elle prend le jeu de clefs qui se trouve sous le paillasson. Une vieille habitude familiale qui s'est avérée bien utile quand les enfants étaient plus jeunes.

Manuela la décharge du gâteau et lui demande si sa journée s'est bien passée. Nathalie monte dans sa chambre, retire ses escarpins, et passe aux toilettes. Elle a eu envie de déféquer toute la journée, ce qu'elle ne fait jamais lorsqu'elle est à l'agence, et elle éprouve un soulagement instantané.

La table est dressée dans la salle à manger. Nathalie ne trouve jamais rien à redire à ce que fait Manuela, même si, pour la forme, elle vérifie chaque détail. Pour le centre de table, Manuela a prévu un bouquet rond. Blanc. Discret. Comme Nathalie les aime.

— C'est parfait, Manuela. Merci.

— Amélie m'a dit de vous dire qu'elle est chez Angeline. Elles ont un exposé. Elle rentre à 19 heures.

— Dans ce cas, je vais prendre mon bain tout de suite. Monsieur n'a pas appelé ?

— Non, madame. Je crois qu'il est au golf. Je ne vois pas ses clubs.

Nathalie Royer est une jolie femme. Elle n'a pas conscience qu'elle pourrait être, si elle consentait à s'habiller autrement, plus séduisante. Elle fait couler son bain pendant qu'elle se démaquille, puis pénètre dans l'eau chaude en poussant un petit gémissement de satisfaction.

Je viens de rentrer de chez ma copine Angeline avec qui je prépare un exposé sur l'eau dans le monde. Le truc hyper-badant. Maintenant les profs vous donnent des thèmes écolo du style développement durable ou commerce équitable. Ils croient être branchés et à la pointe de l'actualité sauf que leurs sujets sont encore plus chiants qu'avant. Bref ! Je rentre fatiguée et je trouve devant moi une femme hyper-excitée. Elle venait d'avoir son mari, mon père donc, au téléphone. Mais ce n'est pas une raison. J'aimerais parfois que ma mère joue son rôle de mère.

— Tu dînes à la cuisine. Lave-toi les mains.

Ni bonjour ni rien. C'est un ordre qu'elle m'assène sèchement. J'ai l'impression d'avoir cinq ans !

— En quel honneur suis-je consignée ?

— Les Lucet et les Champenois viennent dîner, répond-elle sans relever mon ton ironique.

C'est comme cela que notre dispute a commencé. Tout simplement parce que j'ai dit que je trouvais ces gens parfaitement idiots et snobs, ce qu'ils sont indiscutablement, mais maman s'est sentie offensée, comme si je la critiquais personnellement.

— Comment peux-tu parler de personnes aussi a-do-rables en ces termes ?

Là elle a pris son accent maniéré à souhait et m'a gavée. Elle m'a reproché mon arrogance, mon jugement hâtif et mon manque de tolérance pour ceux qui n'étaient pas comme moi. L'occasion était trop belle ! Je n'ai pas pu m'empêcher de lui retourner le compliment mais elle l'a très mal pris.

— Ma pauvre Amélie ! Jamais tu n'auras d'amis si tu es aussi entière !

— Parce que tu en as, des amis, toi ? Dès que les gens ont un pet de travers ou qu'ils ne pensent pas exactement comme toi, tu ne les fréquentes plus.

Et puis là, je lui ai sorti quelques noms et elle s'est fâchée pour de bon. Je pense que nous allons nous faire la tête tout le week-end.

Les Royer disposent d'une demi-heure avant l'arrivée des invités. Ils en profitent pour regarder le journal télévisé de 20 heures sur TF1. Amélie est là aussi.

« Bonsoir à tous et bienvenue dans le journal de TF1. Les banques américaines en pleine tourmente après la faillite d'un géant mondial, Lehman Brothers, annonce la présentatrice sur fond de générique.

… Le président George Bush est intervenu pour éviter un emballement de la crise économique. Malgré cela, les places financières internationales plongent…

… Nous ferons le point avec notre spécialiste pour voir si les banques françaises risquent d'être touchées à leur tour… »

Fin de générique. Gros plan sur la présentatrice.

« Ce n'est pas le crash de 1929 mais ça y ressemble. Wall Street a vécu un lundi noir aujourd'hui avec la faillite de la banque d'affaires Lehman Brothers. »

Reportage des correspondants.

« Ils n'ont eu que quelques heures pour faire leur cartons… les 25 000 employés de Lehman Brothers sont les premières victimes visibles de la débâcle. Une bérézina financière sans précédent depuis la grande crise de 1929… Jamais dans l'histoire pourtant mouvementée de Wall Street une banque aussi importante n'était tombée en faillite… A perdu 80 % de sa valeur avant la chute finale ce week-end… Quelques mois auparavant Bear Stearns avait déjà été renfloué…

30 milliards de dollars d'argent public avaient été engloutis dans cette opération de la dernière chance par le gouvernement américain… Autre victime de ce week-end funeste, Merrill Lynch, rachetée *in extremis* par Bank of America. Depuis six mois, trois des cinq plus grandes banques américaines ont déjà fait faillite… Qui sera le prochain sur la liste ? »

Retour sur la présentatrice.

« … chuté de 3,78 %. La ministre de l'Économie tente d'être rassurante… »

On passe la parole à l'expert en économie.

« … Le système ici est très réglementé. Les banques françaises sont plus prudentes, mais contaminées par le virus des subprimes. On va payer une partie des dettes américaines. Certaines sont fragilisées… Perte financière importante… Appel aux actionnaires qui se font tirer l'oreille… Les augmentations de capital sont difficiles à trouver… Économie piégée par l'irresponsabilité de ses banquiers américains… »

Nathalie se lève et passe à la cuisine. Amélie regarde son père du coin de l'œil pour évaluer son degré d'inquiétude.

— Vous avez de l'argent à la Bourse, vous ? lui demande-t-elle en lui faisant des yeux de biche.

Mais son père ne répond pas.

— Dis, papa ! Vous avez beaucoup d'argent ?

Toujours silencieux, Patrice zappe et regarde David Pujadas sur France 2.

Les deux couples sont arrivés simultanément. Nathalie se tient derrière son mari, mains croisées, le sourire crispé. Elle est toujours anxieuse lorsqu'elle reçoit à dîner. Nathalie place le pot d'orchidée et la boîte de dix pâtes de fruits en évidence sur la cheminée et convie ses invités à s'assoir. Manuela apporte le champagne. Les coupes en cristal tintinnabulent sur le plateau. Enfin, la grosse voix de fumeur de Jean-Marc Champenois rompt le silence.

— Je disais à Bénédicte en écoutant les infos : « Heureusement qu'il y a les Royer pour encore oser faire un dîner ! » On avait peur que vous annuliez !

Sa plaisanterie provoque quelques rires et met de l'ambiance. Jean-Marc donne l'accolade à Charles Lucet qui est assis à sa droite.

— Comment va mon Charles ? Pas trop bousculé par les événements ? Il paraît que ça bouge déjà dans les hautes sphères du transport aérien…

— Cela ne peut pas être pire que le 11 septembre !

— Pas sûr !

— Champagne pour tous ? propose Nathalie avec un grand sourire.

Elle n'aime pas beaucoup le tour que prend la conversation et n'apprécierait pas que son dîner soit gâché à cause de la faillite d'une banque.

— Volontiers ! Cela nous remontera le moral !

Éclats de rire.

— Combien de temps pensez-vous pouvoir tenir avant la rupture des stocks ?

— Nous avons un peu de marge…

Nouveaux éclats de rire.

— Tu penses que la crise va durer ? demande Charles à Jean-Marc.

— Qui peut le dire ? Au mieux trois mois. Au pire

des années. Tu as entendu la ministre ? Pas de quoi s'affoler...

Bénédicte Champenois renchérit.

— Notre neveu était chez Lehman Brothers depuis un an. Il ne sait même pas s'il va rester à New York !

Soupirs compatissants.

— Ton neveu est comme le fils de mon voisin. Il jouait au casino avec l'argent des autres !

— La crise des subprimes (accent anglais) aurait *dû* les alerter !

— D'autant qu'elle a distillé son venin sur les comptes des banques dès le début de l'année !

Silence et réflexion.

— Cet été, les banques américaines parlaient déjà du *credit crunch*. La pénurie du crédit.

— Tu conviendras que la faillite de Lehman Brothers vient de donner un tour dramatique aux événements..., interrompt Patrice.

— Ah c'est une très mauvaise nouvelle. Incontestablement.

— Et qui va déclencher un effet de domino sur les systèmes bancaires occidentaux.

Autres hochements de têtes.

— Alors 1929-2008, même combat d'après toi ?

— Pas sûr. La grande crise avait mis trois ans à franchir l'Atlantique. Alors que là...

— Les modèles de prévision n'ont pas assez pris en compte la globalisation de l'économie.

— Ni celle de l'information !

— Tout à fait d'accord !

— Et si nous passions à table ?

C'est maman qui parle, là. La conversation est trop technique pour elle et l'ennuie horriblement. Parce que, dans cette histoire, la seule chose qui l'inquiète vraiment est l'éventualité que le Crédit Lyonnais fasse faillite. Particulièrement l'agence de Bois-Joli. Là où elle a placé ses grosses économies. Ce serait *la* vraie catastrophe nationale. Maintenant ! qu'on pointe du doigt les méchants traders ou que les pauvres soient licenciés par milliers… ! Il faut avouer que ma mère s'en contrefout.

Je suis allée faire des courbettes aux invités comme mes parents le souhaitaient puis je suis remontée dans ma chambre d'où je les entendais discourir. J'avais laissé exprès la porte ouverte pour mieux pouvoir les critiquer dans ma tête. C'était essentiellement Jean-Marc Champenois qu'on entendait. Il prend toujours ce ton sentencieux du monsieur-je-sais-tout mais il n'en sait pas plus que les autres ! Après le krach, quelqu'un a parlé de la taxe pique-nique. On est très pique-nique à Bois-Joli. Enfin plus pique que nique si vous voulez mon avis, et ce projet est un attrape-couillon qui ne va pas faire long feu. Ils ont ensuite évoqué le pape, qui était en visite officielle à Paris, et mon père a dit que « la couverture médiatique du voyage avait été excellente », ce sur quoi Champenois a ajouté :

— Cela aura au moins permis de mieux connaître le successeur de Pierre… et de décrisper les relations entre l'Église et l'État…

Bizarrement, le pape les a moins inspirés que la crise financière, et petit à petit les sujets de conversation ont commencé à s'essouffler. Certes, on était entre la poire et le fromage mais quand même ! Je trouvais ça gênant. Même mes parents n'étaient pas bavards. Alors, histoire de remettre un coup d'ambiance, Nadine Lucet a demandé :

— Et Grégoire ? Comment va-t-il ? Pas trop secoué par les événements internationaux ?

— Oh tu sais..., a minaudé Nathalie. Ce n'est qu'un stage... Mais pour répondre à ta question... au contraire ! Il est ravi !

— Ah bon ? Ravi ? C'est ce qu'il t'a dit ?

Tout le monde s'est tu autour de la table pour entendre sa réponse. Moi j'avais honte de ma mère.

— Non ! Mais je trouve absolument pa-ssionnant qu'il soit à New York en ce moment et qu'il vive cette crise économique... de l'intérieur ! C'est une expérience hu-maine u-nique ! Absolument ! Un peu comme le 11 septembre...

Elle sourit d'un air absent et demande à la cantonade.

— Quelqu'un veut du café ? de la tisane ?

Après que Patrice est sorti raccompagner Manuela, Nathalie en profite pour allumer son ordinateur situé sur une petite table dans le salon.

Où es-tu ? écrit-elle depuis sa messagerie. *Tu ne donnes plus de nouvelles. Que se passe-t-il ?*

Ses yeux fixés sur l'écran, Nathalie semble hébétée. Puis, comme si elle hésitait, du bout des ongles, elle ajoute *Je t'aime.* Absorbée dans ses pensées, elle n'entend pas son mari rentrer.

— Qu'est-ce que tu fais ? (Il se tient derrière elle, sur le seuil.) Encore sur cet ordi ? Tu as vu l'heure qu'il est ?

Nathalie sursaute et ferme la fenêtre de son écran d'un geste précipité.

— Rien, répond-elle d'une voix altérée. Je regardais le temps qu'il allait faire demain.

— Viens plutôt te coucher…

Lunettes sur le front, Patrice est au lit et feuillette un dossier. En se glissant sous les draps, Nathalie demande :

— Alors ? Tu en penses quoi ?

— C'est préoccupant…

— Non, je te parle du dîner. Qu'en as-tu pensé ?

— Tu veux savoir si ton gigot était réussi ou ce que je pense du nouveau sac de Bénédicte ?

— Ah tu as donc remarqué toi aussi… C'est choquant, non ?

— Si Jean-Marc a les moyens, je ne vois pas ce que cela a de choquant…

— Mais enfin, c'est au moins son quatrième Kelly… !

Patrice met fin à la discussion en introduisant ses boules Quiès dans les oreilles.

— … Et puis *nous aussi* nous avons les moyens ! s'indigne Nathalie. Ce n'est pas une raison pour étaler ses richesses de façon aussi ostentatoire…

Patrice Royer éteint sa lampe de chevet, embrasse sa femme sur le front et lui tourne le dos.

— Finalement, je les trouve terriblement vulgaires…, conclut-elle avant d'éteindre à son tour.

Malgré sa fatigue, Nathalie Royer ne parvient pas à s'endormir. Elle pense à son couple. Combien de fois a-t-elle refusé par le passé les avances de son mari ? À présent, elle regrette sa dureté et son inflexibilité car c'est lui désormais qui a cessé d'aller vers elle. Elle pose une main sur la hanche de Patrice puis dans le creux de l'aine mais Patrice se positionne de façon à empêcher toute tentative d'approche. Nathalie chasse ses larmes et ravale sa colère. Elle se demande où commence l'adultère féminin. Depuis quelque temps, elle rêve fréquemment d'être caressée par une de leurs connaissances dans des ascenseurs ou dans des lieux insolites, comme des vestiaires ou des pièces sans fenêtres. Dans sa tête, elle imagine des situations troublantes et terriblement gênantes. Les battements de son cœur s'accélèrent. Oserait-elle franchir le pas si l'occasion se présentait ? Ici tout le monde se connaît. Les voisins, à défaut d'être des amis, sont toujours les amis d'amis. Les habitants de Bois-Joli ont la même paroisse, les mêmes écoles, les mêmes lieux culturels et sportifs. Les secrets ne durent jamais longtemps. Tout se sait. Elle-même, à force de visiter des maisons et des appartements en l'absence de leurs propriétaires, est au courant de beaucoup de choses. Depuis que la ville a signé un contrat avec une société de vidéosurveillance qui appartient au gendre du maire, il y a des caméras partout à Bois-Joli. Même à l'entrée de l'église. Nathalie ferme les yeux. L'homme qui joue le rôle principal dans ses fantasmes nocturnes s'appelle Jean-Christophe de Macé. C'est le mari d'une de ses amies. Elle le connaît depuis des années. D'ailleurs, elle le voit souvent le dimanche après la messe. Dans ses rêves, elle est toujours jeune, elle est heureuse et elle sourit. *Oh ! Jean-Chris !* Elle sent des fourmillements partout dans le corps et une envie entre ses cuisses qu'elle n'avait jamais éprouvée si violemment avec Patrice. Malgré cela, pourtant, Nathalie ne prendra pas le risque de détruire son couple et sa famille. C'est ce qu'elle a de plus précieux au monde, sa famille. Rien ni personne ne vaut de la mettre en péril, se dit-elle.

« Tous ensemble, au-delà de la rupture inévitable de la mort, nous formons déjà une unique Famille… »

La voix du père Gérard résonne dans la nef de l'église. Nathalie est assise, mains jointes, tête légèrement baissée, à côté de son époux. Elle porte une blouse beige sur une jupe de coton assortie. Elle a attaché ses cheveux blonds en une queue-de-cheval qui la rajeunit. Ce matin, Nathalie s'est habillée et maquillée avec une attention particulière. Même Amélie l'a trouvée jolie mais s'est bien gardée de lui en faire le compliment. Elle en veut à sa mère qui l'oblige à aller à la messe.

« … Voyez comme il est grand, l'amour dont le Père nous a comblés… Il a voulu que nous soyons appelés enfants de Dieu… »

Nathalie salue discrètement les Macé assis dans la rangée centrale. Les battements de son cœur se sont légèrement accélérés. Patrice regarde le sol, comme absorbé par l'homélie du prêtre. Un groupe d'adolescents, assis au dernier rang, chuchote en riant. Amélie est parmi eux.

« … Comme dans une grande famille unie par le lien de l'amour, les mérites de l'un rejaillissent sur tous les autres… L'Éternel nous a choisis dans le Christ pour que nous soyons saints et irréprochables sous son regard… »

Nathalie resserre son étole de cachemire sur ses épaules et inspire l'odeur d'encens en tournant la tête de trois quarts. Elle arrive de moins en moins à se concentrer sur les discours du curé. *Mon Dieu ! Aidez-moi à ne pas perdre la foi !* Dehors, le soleil brille.

Après la messe, ceux qui le souhaitent se réunissent pour un buffet improvisé dans la salle Sainte-Clotilde située derrière le presbytère. C'est l'occasion de se retrouver entre amis et de partager un moment convivial. Nathalie retire la feuille d'aluminium qui protège la quiche qu'elle a confectionnée le matin et pose le plat sur la table lorsque Jean-Christophe de Macé vient vers elle.

— Bonjour Nathalie ! dit-il en se délestant à son tour d'une assiette de cookies.

— Oh ! Jean-Chris ! s'exclame Nathalie en rougissant.

— Ton époux est dans les parages ? demande-t-il.

— Oui, regarde ! Il est là-bas…

— Ah merci ! fait-il en s'éloignant.

Nathalie ressent une légère pichenette. Sa déception est diffuse. Elle se fraie un passage parmi les groupes d'amis et rejoint Anne de Macé qui fait partie du même club de lecture qu'elle.

— Oh ! Coucou Nathalie ! Je suis à toi dans une seconde…

Puis d'une voix plus forte :

— S'il vous plaît !

La jeune femme tape dans ses mains pour se faire entendre.

— Merci à toutes les personnes qui ont des pelotes de laine chez elles de les déposer au presbytère ! Nous comptons sur vous !

Sa communication faite, elle revient vers Nathalie.

— Excuse-moi ! Comment vas-tu ? Ça tombe bien qu'on se voie ! Je voulais te parler d'une amie dont le frère reste plus longtemps que prévu à Washington… Lui et sa femme y étaient pour une mission de trois mois qui s'est transformée en une mutation d'un an ! Bref ! Tu vois le tableau ! Il faut tout organiser à distance et mon amie est chargée de louer leur maison… Je lui ai parlé de toi et…

— Bien sûr ! Que ton amie me téléphone !

— Merci ! Elle s'appelle Anne-Françoise de Kerviller. La maison de son frère est à une vingtaine de kilomètres…

Anne, qui est un membre actif de la paroisse, est vite happée par des adolescents. Restée seule, Nathalie observe Jean-Chris et Patrice qui discutent avec un autre couple d'amis. Autour d'elle, le bruit et les rires s'amplifient. Nathalie réalise qu'ils font partie des anciens. Désormais, une multitude de visages qu'elle ne reconnaît pas constitue le cœur de leur communauté et symbolise la relève et la jeunesse. Ils n'ont pas trente ans et forment des groupes joyeux autour desquels tournoient des ribambelles d'enfants. Comme eux naguère. Son cœur se serre. Elle cherche sa fille et la voit qui boude dans un coin. Où est donc passée l'Amélie souriante qui portait de jolies robes à smocks et faisait la fierté de sa maman ? Nathalie Royer voudrait rentrer. Tout cela ne l'intéresse plus. Même la joie spirituelle qui la guidait autrefois, elle ne l'éprouve plus. Elle est de plus en plus persuadée qu'un amant lui permettrait de retrouver l'exaltation qui lui fait tant défaut. Pourtant, elle est sûre qu'elle n'aura jamais le courage de passer à l'acte.

Voilà où mes parents en étaient de leurs vies avant que je n'entre en scène avec une nouvelle supposée faire le bonheur de chacun. Ils ressemblaient à beaucoup d'autres. Ils menaient une existence calme et confortable, certes routinière et saupoudrée de fréquentes disputes, mais en cela ils ne différaient guère de la majorité des couples.

Ma mère venait d'atteindre ce moment critique de la vie où le temps apporte son lot d'insatisfactions. Un amant aurait pu effectivement être une solution, c'est d'ailleurs la plus répandue lorsque les femmes s'ennuient, mais je ne suis pas persuadé qu'un homme aurait suffi à la combler. Ma mère avait besoin de prendre fait et cause pour quelque chose qui l'enflammerait, la bouleverserait, transcenderait tout le reste au point de faire passer au second plan son désœuvrement et le marasme dans lequel son couple s'engluait. Or, c'est bien malgré moi que j'allais lui donner l'opportunité de déployer ses forces et de retrouver l'exaltation qui manquait tant à sa vie.

Mais je ne me suis pas présenté. Je m'appelle Grégoire. Je suis le fils de Patrice et Nathalie Royer. J'ai vingt-deux ans et je suis en train de provoquer un tsunami dans leur vie bien rangée. Pourtant, je ne le sais pas encore.

Tout est parti d'un SMS que je leur ai envoyé un dimanche, le 21 septembre, quelques jours à peine après l'annonce de la faillite de Lehman Brothers. À ce moment-là, je vivais encore à New York.

Deuxième Partie

New York, 5 juillet 2008
Deux mois avant la faillite de Lehman Brothers

Ma tête me fait terriblement mal et mon corps est douloureux. Même les yeux fermés, j'ai conscience de ne pas être chez moi car le faisceau qui éclaire mon lit n'a pas la même intensité que la lumière naturelle filtrant par la grande baie vitrée de ma chambre.

Je suis peut-être chez des amis ou chez une fille rencontrée la veille à une soirée trop arrosée. Je peux à peine bouger. J'éprouve soudain de l'anxiété et mon cœur se met à battre de manière désordonnée. Une alarme se déclenche, suivie d'une activité inhabituelle dans la pièce. J'entends des pas sur ma gauche, je devine qu'on brasse l'air au-dessus de moi puis ressens une légère pression dans le bras. J'ai à présent la certitude d'avoir vécu quelque chose de plus violent qu'une simple cuite.

Je suis dans l'incapacité d'ouvrir les yeux mais tous mes sens sont en éveil. Je perçois à mes côtés une présence silencieuse. Je pense à ma mère. Elle me manque. J'ai le blues du pays et de ma famille.

J'ai envie de pleurer. D'appeler maman au secours. Je m'assoupis, je crois.

Un peu plus tôt, Nathalie Royer s'était réveillée l'estomac noué. Sa première pensée avait été pour son fils. Il était à peine 8 heures du matin. À côté d'elle, Patrice dormait profondément. Si seulement elle pouvait appeler Grégoire et s'assurer que tout va bien. Mais c'est encore la nuit à New York et elle n'ose pas. Son mari lui reproche toujours d'être intrusive. Nathalie se lève et descend sur la pointe des pieds jusqu'au rez-de-chaussée. Dehors il pleut à verse et ce temps l'oppresse toujours. Elle couvre ses épaules d'un châle qui traîne sur la rampe d'escalier puis entre dans le salon et allume son ordinateur.

La page Facebook de Grégoire ne donne aucune information récente. Les dernières personnes à être devenues les amis de son fils l'ont été le 1er juillet. Rien ne permet d'ailleurs d'en déduire que c'est lui qui a accepté les propositions. Nathalie regrette que Grégoire ne soit pas aussi transparent que sa sœur. Amélie nourrit son profil de tout un tas d'informations, avec une impudeur qui la consterne. C'est du moins ce que Nathalie suppose lorsqu'elle la surprend devant son ordinateur, car sa fille a refusé de l'intégrer dans son groupe d'amis. Comment contrôler ses enfants ? se demande régulièrement Nathalie. C'est un des sujets de dispute avec Patrice, qui lui reproche d'espionner tout le monde, ce qui est faux et injuste. Elle ne fait que veiller au bien-être de chacun. Nathalie fait défiler l'album d'une certaine Margaux en souhaitant y trouver des photos de son fils. Mais l'album est sans intérêt. Dépitée, Nathalie envoie un nouveau mail à Grégoire sans toutefois espérer de réponse rapide. Son fils s'éloigne. Et c'est préoccupant.

Deux heures plus tard, l'angoisse de Nathalie s'estompe. L'orage s'est transformé en pluie fine. Nathalie s'allonge sur le canapé et s'assoupit.

J'ai dû dormir longtemps. Peut-être ai-je effectué le tour du cadran, la pièce est éclairée par un néon qui diffuse une lumière blanche, métallique. Je peux ouvrir les yeux, je maîtrise mon environnement et j'en suis soulagé. J'aperçois au bout de mon lit une porte dont la moitié supérieure est vitrée. L'odeur d'éther se mêle à une odeur indéfinissable, enduit ou plâtre, elle-même atténuée par le triste remugle des légumes bouillis. Je comprends que je suis à l'hôpital. Je bouge d'abord mes doigts de pieds puis mes jambes. Je réprime un cri de douleur. Mes côtes me font mal. Ma main est bandée. Je tourne la tête avec précaution et j'aperçois une forme sur le fauteuil. Immobile. Je n'ose pas parler. D'ailleurs, je ne sais même pas si j'en serais capable. Je ne comprends pas comment j'ai atterri ici.

Une femme entre dans la pièce, soulève mon drap et saisit mon pénis. Avant que je ne puisse réaliser ce qui m'arrive, elle ajuste fermement mon membre dans un fourreau de plastique et appuie sur ma vessie. Je sens alors s'échapper de moi un jet libérateur. Je souris à cette femme afin de lui témoigner toute ma reconnaissance mais elle n'a aucun regard pour moi.

L'odeur de mon urine me rassure. C'est bien la preuve que je suis vivant.

Le chuintement que j'ai provoqué en me déchargeant dans le pistolet a fait bouger la masse assoupie à côté de mon lit. Un bras après l'autre, elle s'étire doucement et je découvre avec stupéfaction une ravissante jeune fille. Gêné qu'elle ait pu être le témoin indiscret de mon intimité, je croasse un vague salut :

— *Hi !*

— *Hey you ! How do you do ?* dit-elle d'une voix suave avant d'ajouter dans un français irréprochable : Hier, nous parlions la langue de Molière !

Je me tais, interloqué.

— Tu ne te souviens pas ?

— Non…

— Mais tu sais qui je suis quand même… ?

— Je suis désolé.

Je pourrais la renvoyer de cette chambre d'hôpital, la prier de revenir demain ou jamais, sa présence à mes côtés m'embarrasse plus qu'elle ne me réconforte. Pourtant, je n'ose pas. Elle paraît déçue que je ne la reconnaisse pas. Elle semble là de son plein droit. Le fait qu'elle soit jolie est peut-être la seule raison qui me fasse consentir à la garder près de moi.

Gala Mallet ressemble à une de ces poupées Barbie en série limitée, brune au teint mat et aux grands yeux verts. Très différente de ses camarades blondes avec qui j'ai l'habitude de m'amuser. Ses mains sont fines et longues comme celles d'une pianiste. Sa poitrine s'anime chaque fois qu'elle rit, c'est-à-dire souvent. Pourtant, comme j'allais le constater par la suite, son insouciance cachait une certaine tristesse. Gala était souvent préoccupée et plongée dans des pensées desquelles j'étais exclu.

J'ai été transporté au Mount Sinai Hospital dans la nuit du 4 juillet et nous sommes le 6. C'est ici, entre la Cinquième et Madison à hauteur de la 98e, que je pense en toute bonne foi faire la connaissance de Gala. En réalité, si j'en crois Gala, notre première rencontre aurait eu lieu avant l'accident. Nous étions en train de fêter Independance Day dans un loft. À Soho. De cette rencontre, je ne garde aucun souvenir. Gala me parle d'un « coup de foudre » réciproque. Nous nous étions beaucoup parlé. Puis embrassés. J'avoue, j'étais dubitatif.

— Qu'est-ce qui m'est arrivé pour que j'atterrisse dans cet hosto ?

Le Mount Sinai desservait l'est de Manhattan. Gala me répond de façon évasive.

— Un type… t'a balancé son poing dans la gueule… Nous étions assis sur la marche d'un escalier sans rampe… Tu es tombé… d'assez haut… Tu aurais pu te faire plus mal encore…

— Mais quel type ? Et pourquoi il a fait ça ?

— Je ne sais pas… je ne le connaissais pas. Personne. Il a profité de la panique pour disparaître. C'est ce qu'on a dit aux *cops*. Peut-être que vous aviez une embrouille… Tout s'est passé si vite !

Je n'avais d'embrouilles, comme disait Gala, avec personne. J'étais venu à cette soirée par l'intermédiaire d'une étudiante espagnole qui effectuait un stage dans le même service que moi. De cela, je me souviens. J'avais peu de chances de savoir qui était mon agresseur. J'avais été victime d'un acte gratuit. Le type devait être sous l'emprise de la drogue ou de l'alcool.

Mon amnésie couvrait plusieurs heures et le neurologue ne pouvait pas m'assurer que je récupérerais cette mémoire-là. Le fait de n'avoir crashé qu'une infime partie de mon disque dur me rassurait et de toute façon j'étais bien obligé de faire l'impasse sur cette soirée.

Je n'ai rien à perdre. Je suis à New York. J'exécute un stage dans une prestigieuse banque anglaise. Je suis très tenté par une expérience amoureuse. Et Gala est terriblement jolie. J'aime son style bohème, ses longues jupes et ses bottines lacées victoriennes qui lui donnent un genre *trendy* new-yorkais. Tout de suite, nous devenons complices. Lorsqu'elle n'est pas à l'hôpital, Gala m'envoie des SMS un peu fleur bleue, très délicieux. Cette fille possède une grâce incomparable et me change de mon milieu petit-bourgeois, de mes parents, de leurs amis et surtout de leurs filles. À ses côtés, je m'échappe de la société étriquée de Bois-Joli. J'entretiens même l'espoir d'en être libéré mais c'est compter sans l'ironie du sort : les parents de Gala vivent également dans les Yvelines. Cela devient un sujet de plaisanterie entre nous. Nous fuyons la même chose et cela nous rapproche.

Voilà donc comment, dans l'espace aseptisé du Guggenheim Pavilion et à quelques encablures d'un étage où certains meurent de maladie, je m'ouvre au bonheur et tombe amoureux pour la première fois de ma vie.

J'avais trouvé ma chambre sur Craigslist. Mes colocataires se prénommaient Tom et Nelly. Je les aimais bien, malgré ou plutôt à cause de nos dissemblances. Nelly étudiait la sociologie à Columbia et était lesbienne. Ses parents étaient d'anciens junkies qui s'étaient reconvertis dans l'hôtellerie. Ils possédaient un *bed and breakfast* dans un petit village à la frontière de la Pennsylvanie, une sorte de bout du monde dans une enclave amish. Nelly était une grande cyclothymique. Tantôt timide et peu sûre d'elle, elle se dénigrait à longueur de temps, tantôt exaltée, elle déambulait à poil dans l'appartement en s'autoglorifiant. D'après Tom, elle récoltait les fruits de l'héroïne que s'étaient injectée ses parents trente ans auparavant. Tom était sud-africain. On ne savait pas grand-chose de lui sauf qu'il avait atterri à New York quelques années plus tôt avec un simple visa job d'été. À présent, il soupçonnait tout le monde d'être un espion à la solde du gouvernement américain. Il était tellement paranoïaque qu'il nous avait imposé la règle de ne jamais faire venir un étranger dans la maison. Nelly et moi étions passés maîtres dans l'art d'amener une petite copine pour la nuit sans qu'il s'en aperçoive. Mais lorsque je tentais d'imposer Gala dans notre hémicycle privé, je provoquais un drame. Ni l'un ni l'autre ne voulait d'une deuxième fille, même à quart-temps, dans l'appartement. C'est ainsi que, quelques jours seulement après ma sortie d'hôpital, je quittais TriBeCa pour l'Upper West Side.

Gala habitait la 75e Rue entre Colombus et Amsterdam, à deux blocs du marché aux puces dans lequel elle tenait chaque dimanche le stand d'une Parisienne exubérante qui vendait à prix d'or de la friperie française. Gala touchait 15 % du chiffre d'affaires. Le studio dans lequel elle logeait lui était donné en échange de dix heures de baby-sitting hebdomadaires. Le reste du temps, Gala profitait de la vie. Je m'aperçus très vite que derrière les robes vintage de ma petite amie, ses longs colliers de pacotille et ses chapeaux à plumes qui lui donnaient l'air indépendant se cachait une vraie fille à papa qui dépensait bien plus d'argent qu'elle n'en gagnait. Paradoxalement, elle ne m'en plaisait que davantage et j'adoptai vite son style de vie, moderne et insouciant. Tout était nouveau pour moi et, à ses côtés, j'avais l'impression de m'affranchir de mes parents. Gala était branchée bio. Tous les matins, avant que je ne parte travailler, nous allions prendre notre petit déjeuner Au pain quotidien, non pas parce que la chaîne était française (au demeurant elle était belge), mais parce que c'était un des seuls restos du quartier où l'on pouvait manger *organic*. J'avais également repris le sport grâce à Gala et nous faisions notre jogging à Central Park le samedi comme n'importe quel New-Yorkais. Nous allions au théâtre et au musée. Nous rencontrions de jeunes artistes. Bref, nous menions la vie trépidante et dorée d'un jeune couple branché. Côté boulot, mon stage me donnait également de grandes satisfactions personnelles et la Barclays envisageait de me recruter au département *Mergers and Acquisitions* à Londres. J'étais en somme le plus heureux des étudiants expatriés.

Une nuit pourtant, je trouvai Gala assise par terre, le regard absent, comme si elle avait perdu toute notion du temps et, pire encore, le sens de l'orientation. Je la rassurai avec des mots qu'on dit à un enfant et la ramenai doucement dans notre lit. Lorsque je la sentis reprendre vie, j'essayai de comprendre ce qui lui était arrivé mais elle semblait avoir tout oublié et je pensai qu'elle avait fait un cauchemar. L'incident cependant se reproduisit une autre fois. Nous étions en boîte de nuit avec quelques amis. Sur la piste de danse, les flashs stroboscopiques nous avaient éloignés les uns des autres. Quand la lumière redevint normale, je commençai à chercher Gala. Elle avait disparu. Je la retrouvai dix minutes plus tard dans les toilettes des femmes. Elle était recroquevillée dans un coin, le regard fixe et les pupilles étrangement dilatées. Cette fois je m'emportai contre l'épicier pakistanais chez qui elle s'approvisionnait en *weed* bio. À chaque fois, j'étais convaincu que l'herbe était seule responsable de ses drôles d'états et refusais d'y voir un signe annonciateur de drame. Avec le recul, je me dis que beaucoup de choses auraient dû m'alerter. À commencer par sa nervosité par temps d'orage (en ce sens, elle me faisait penser à ma mère). Et puis aussi ses longs silences durant lesquels je me sentais exclu de sa vie. L'intuition qu'elle me cachait quelque chose m'effleurait parfois aussi. Pourtant, je ne lui demandais rien et demeurais discret pour éviter de paraître vulgaire.

À la mi-septembre, soit un peu plus de deux mois après notre rencontre, nous apprenions la faillite de Lehman Brothers. D'un coup, toutes mes certitudes s'écroulaient. LB était un pilier de l'économie américaine mais aussi un des symboles du capitalisme, comme l'avait été pour le monde entier le World Trade Center. Plusieurs de mes camarades de promotion y effectuaient d'ailleurs un stage. Moi-même j'avais rêvé d'y travailler. Je réalisais soudain que mes chances d'être engagé par la Barclays étaient compromises et que je risquais de mettre un moment à trouver un premier emploi. La vision terrifiante d'un retour dans la maison familiale et d'une vie sans Gala me traversa alors l'esprit et un cafard monstrueux s'empara de moi. J'eus la conviction que mes années d'études n'avaient servi à rien. Pire encore, j'avais contribué à mon modeste niveau à la construction de cet édifice de sucre. Mes rêves et mes ambitions s'écroulaient, tandis que naissait en moi l'idée désagréable que, loin d'en découdre avec la vie bourgeoise de mes parents, je ne cessais de la reproduire à l'envi. Mes diplômes et mon cursus international ne suffisaient pas à camoufler ma désinvolture et mon manque de respect pour ces gens sur le dos desquels j'étais prêt à construire mon avenir. Je comprenais aussi que j'avais fondé mon espoir de réussite sur la crédulité de ceux, et ils étaient des millions, qui rêvaient d'être riches parmi les pauvres.

Dans ce grand moment de déprime et alors que mes valeurs vacillaient et que je remettais tout en question, je sus que le ciment de ma vie était Gala. Cette nuit-là, nous fîmes l'amour avec une sorte de désarroi et de refus de la médiocrité. À 3 heures du matin, je demandai Gala en mariage.

Quelques jours plus tard, alors que nous nous préparions à rentrer en France, j'envoyais un SMS à mes parents.

Bois-Joli, dimanche 21 septembre 2008

Après le brunch paroissial, les Royer sont directement rentrés chez eux. Nathalie est de mauvaise humeur. Elle se rend compte que rien ne la satisfait, ni sa vie de couple, ni ses amis, ni même Amélie qui n'ouvre la bouche que pour se plaindre et la provoquer.

— ... J'ai quand même l'âge de décider si je vais à la messe ou pas !

— C'est le seul moment où tu peux te recueillir...

— Je ne crois plus en Dieu... D'ailleurs, je n'y ai jamais cru...

— Tu peux également t'interroger sur ton avenir...

— Ah ouais ? Tu crois vraiment que Dieu va m'aider à choisir entre L ou S ?

— Amélie ! Tu es insupportable ! s'est indignée Nathalie. Patrice ! Enfin, dis quelque chose...

Je rêve ! Papa n'a rien trouvé de mieux que de me proposer de faire partie de la chorale sous prétexte que j'aimais chanter ! Ça me met hors de moi, même si je sais qu'il a dit ça pour faire plaisir à maman. Je préfère mettre mon casque sur les oreilles plutôt que d'écouter leurs conneries. Qu'ils y aillent sans moi, à leur messe ! J'en ai assez, de me plier à leurs quatre volontés. Il est temps que je m'émancipe. Heureusement, la venue d'Alexandra a mis fin à cette discussion stérile et j'ai pu m'éclipser avec elle dans ma chambre sans que maman me harcèle davantage.

Tandis que Nathalie s'attelle au jardinage, Patrice se réfugie dans son bureau. Il feuillette distraitement l'album souvenir de la visite de Benoît XVI à Paris dans *Le Figaro-Magazine*, puis s'absorbe dans la lecture des pages saumon du quotidien. Toutes ses actions ont baissé. Mauvaise période pour ceux qui doivent débloquer des fonds. Patrice se dit que le seul avantage à exercer en libéral est qu'on ne risque pas d'être viré à cinquante ans ! Et puis ce n'est pas la crise qui empêchera les gens de divorcer ! *Quoique !* Pour sa part, il choisirait un autre moment. Il est bien placé pour le savoir, lui qui a très récemment obtenu une indemnité de compensation de 850 000 euros pour une cliente. Le mari avait été obligé de vendre la maison familiale. De ce côté-là aussi, Patrice est assuré que jamais sa femme ne… Il est interrompu dans ses pensées par la vibration de son BlackBerry. Il saisit son téléphone posé sur son secrétaire en noyer et lit le SMS qu'on vient de lui envoyer.

— N'empêche que si je n'étais pas entrée dans le gymnase pile au bon moment, je me demande ce qui se serait passé… ! dit Amélie à son amie affalée sur son lit.

— Tu as tout fait foirer ! soupire Alexandra.

— Bon alors raconte ! Il te les a caressés ou même pas ?

— Tu rigoles ? il m'a *vraiment* pelotée…

— Sous le soutif ?

— Ouais. En même temps, j'en portais pas…

— Et puis ?

— Il a mis sa main…

— Direct ? (Amélie se met à pouffer.) Et tu t'es laissé faire !?

— Attends ! Il est trop beau… Toutes les nanas sont folles de lui !

— C'est carrément dégueu, oui ! Vas-y ! File-moi le tarpé.

— Je ne vois pas où est le problème…

— Le problème c'est que c'est un prof, Alex !!! Mumm ! Qu'est-ce qu'elle est bonne ! (Amélie aspire longuement le joint.) Tu sais que c'est interdit ?

— Quoi ? Bédaver ou sortir avec son prof ?

Alexandra tend la main pour récupérer le joint.

— Les deux, mon général ! Mais je parlais de Carlier. Abus sur mineure par ascendant. Ça peut chercher très loin…

— Pff ! Ce que tu es coincée !

— Alex ! C'est répugnant ! Il a au moins trente ans… !

— Tu l'auras cherché ! Je ne te raconterai plus rien ! se renfrogne son amie.

— Alors ferme-la, le temps que je lise mon SMS ! sourit Amélie avant de s'écrier.

— Noon mais ! Je rêve !!

— C'est qui ?

— Mon *brother* ! Il va se marier ! C'est dingue !

— Top ! Avec qui ?

— Aucune idée ! Mais je plains la nana ! Avoir maman comme belle-mère !!

Après avoir bouturé les hortensias et le laurier-rose, Nathalie Royer coupe les fleurs fanées, particulièrement les roses trémières qui donnent au jardin un petit air à l'abandon qui lui déplaît. Elle ne s'est toujours pas départie de sa moue grincheuse qui abaisse ses bajoues et accentue un peu ses poches sous les yeux. Généralement, les travaux de jardinage la détendent, mais cet après-midi, Nathalie continue de penser à un tas de choses agaçantes. À commencer par Patrice qui se calfeutre dans son bureau. Non pas qu'elle ait besoin de lui, mais une activité commune leur aurait permis de discuter, peut-être de se retrouver. Par exemple, c'est aujourd'hui la journée du Patrimoine et, dans le temps, ils y emmenaient toujours les enfants. Pourtant ce matin, lorsqu'elle lui en avait parlé, son mari lui avait répondu :

— Avec qui tu veux qu'on y aille ?

Évidemment, vu sous cet angle… Le bip du téléphone l'informe de la réception d'un message. Intriguée, Nathalie retire son gant droit et sort son portable de la poche de son tablier.

Dans la seconde qui suit la réception du SMS, Patrice jaillit de son bureau. Sa démarche est si précipitée qu'il cogne le guéridon du petit couloir et fait tomber le cadre à photos posé sur le dessus. Il atteint l'entrée au moment où Nathalie y pénètre. Elle tient une rose dans une main et son téléphone dans l'autre.

— Tu l'as reçu aussi ? (Sa voix est altérée par le choc.)

— Oui. Qu'est-ce qu'il te dit ?

— La même chose qu'à toi, j'imagine, répond-elle en montrant l'écran à son mari.

— Il faut se réjouir… ?

— Je ne sais pas. (Nathalie est hébétée.) Franchement, c'est si soudain… Si inattendu… (Elle pince ses lèvres.)

— Je t'accorde que c'est un peu rapide…

— Où est-ce qu'il l'a rencontrée d'après toi ?

— À New York… ?

— Évidemment à New York ! Mais où ? Dans un bar ? Une boîte de nuit ? (La voix de Nathalie se fait stridente.)

— Peut-être tout simplement à la Barclays… ?

— Une Américaine ? Une Française ?

— Mais mince !! Je n'en sais pas plus que toi ! s'énerve Patrice.

Nathalie le suit dans le salon en poursuivant :

— Est-ce qu'elle est blanche au moins ?

— Nathalie ! coupe sèchement Patrice avant d'ajouter laconiquement : Je ne vois pas notre fils épouser une Noire.

— Non. Probablement pas… Mais elle pourrait être juive. C'est à New York qu'il y a la plus grande concentration de Juifs… !

— C'est moins…

— Je sais. C'est juste que ces gens ne sont pas

comme nous. Tu te rends compte ? Grégoire nous impose une fille, comme ça, sans se préoccuper de notre avis ?!

— Tu ne peux quand même pas *tout* régenter !

Malgré son inquiétude, Patrice se sent solidaire de son fils.

— Mais le problème n'est pas là ! s'indigne Nathalie.

— Mais si ! Grégoire est majeur ! Même si sa femme ne te plaît pas, il faudra t'y faire !

Il y a trente secondes, son mari la soutenait et maintenant il l'agresse. Nathalie est sur le point de rétorquer, lorsqu'elle entend des pas derrière elle.

— Oh, Alexandra ! Tu t'en vas déjà ? demande-t-elle d'une voix suave en dissimulant son irritation.

— Oui, madame. Mes parents m'attendent.

— Tu pourras dire à ta maman que la réunion du club de lecture est reportée exceptionnellement à dans quinze jours ? Geneviève enverra un mail à toutes les amies…

— Bien sûr. Je le lui dirai… Au revoir, madame… Au revoir, monsieur…, dit poliment Alexandra sous le regard narquois d'Amélie.

Je déteste l'hypocrisie. Maman a été tout sourire devant Alexandra alors qu'une seconde avant, elle se disputait avec mon père. Elle est championne au jeu de la simulation. Je me demande ce que ça donne au lit ! Quoi qu'il en soit, je m'attendais à ce qu'ils me parlent de mon frère et de ce SMS qu'il nous avait envoyé. Mais non ! Pas un mot ! Parfois, j'ai vraiment l'impression de ne pas faire partie de la famille. Ils devraient pourtant être contents ! Enfin, si tant est qu'ils soient capables de se réjouir de quelque chose ! Je crois de plus en plus qu'il y a deux catégories de gens dans la vie : ceux qui transforment le moindre événement en fête et ceux qui passent leur temps à se faire la tête. Mes parents font partie de la seconde catégorie. Et moi, j'ai de plus en plus de mal à les supporter.

Afin de ne pas être gêné par le soleil déclinant, Patrice Royer a tiré les rideaux et allumé sa lampe de bureau. Il fait défiler à nouveau le texto de Grégoire. *J'ai rencontré la femme de ma vie. Arrivons ce samedi pour organiser le mariage. Prévoir un déjeuner le jour même à la maison. Hâte de vous voir et de vous la présenter.*

Plutôt cavalier comme façon de prévenir. Et tellement précipité ! Comment peut-on jamais être sûr qu'une femme soit celle de notre vie ? Patrice avait rencontré Nathalie au retour de son service militaire, à une époque où ses camarades de faculté se mariaient les uns à la suite des autres. La famille de Patrice considérait qu'il était en âge de fonder la sienne, ce que lui-même ne contestait aucunement. Il avait vingt-six ans et trouvait Nathalie ravissante. Elle venait d'obtenir sa maîtrise de droit, habitait Bois-Joli et était la fille d'un industriel qui avait fait fortune en commercialisant un nouveau système de fermeture à glissière. Une semaine après leur rencontre, elle perdait sa virginité. Aurait-il épousé Mlle Nathalie Desprez si Grégoire n'avait pas montré le bout de son nez ?

Mais qui donc est cette fille ? Patrice est terriblement anxieux, même s'il ne l'avouera jamais à son épouse, avec qui il vient encore de se disputer. Il a soudain très envie de se confier à Marie-Laurence mais elle est à l'étranger avec son mari. Dommage ! Patrice avait rencontré Marie-Laurence, *croisé* serait plus approprié, une bonne vingtaine d'années auparavant, à une époque où les parents de la maternelle organisaient des goûters d'enfants tous les samedis. Il ne gardait qu'un très vague souvenir d'elle et c'est tout à fait par hasard que Marie-Laurence était venue le consulter, l'année dernière, à son cabinet. Depuis, leur relation s'était considérablement modifiée.

La nuit lui a remis les idées en place. Tout en refermant son portail, Nathalie se demande si cette fiancée en herbe n'attend pas un bébé, ce qui expliquerait une telle précipitation. À l'instant où elle pénètre dans sa voiture, elle est accostée par Florence Durieux. Lorsque leurs aînés étaient en classe ensemble, les deux femmes se voyaient régulièrement.

— Alors ? Comment va ton grand bonhomme ? Toujours à Londres ?

— À New York, répond Nathalie d'un ton pincé.

— Tu es au courant pour les Privat ? Ils ont perdu toute leur fortune à la Bourse… Il paraît qu'ils vont devoir vendre leur propriété ! Tu vois où elle est ? C'est…

Nathalie se demande comment elle a pu supporter

Florence autant d'années. Elle fait démarrer sa voiture pour signifier qu'elle est pressée.

— … Et imagine-toi que Pierre veut leur faire une proposition… Comme quoi le malheur des uns fait bien le bonheur des autres !

Le premier appel que Nathalie reçoit en arrivant à l'agence provient de l'amie d'Anne de Macé. Françoise de Kerviller est expéditive et autoritaire. Nathalie ouvre son ordinateur et crée une fiche à son nom.

— … Ma belle-sœur n'a pas envie de gérer les choses à distance, et je suis moi-même très occupée ! Je pars cinq semaines en Asie pour mon travail… (Elle tire nerveusement sur sa cigarette avant d'expirer dans le combiné.) Que vous fassiez un état des lieux… effets personnels débarrassés… entreposés dans mon garage… procuration…

Elle s'interrompt entre deux quintes de toux puis conclut.

— … carte blanche… Ficelé pour mon retour…

Des clients comme ça, Nathalie en voit à longueur de temps. La plupart des expatriés ne sont guère attachés à leur bien. À force de vivre à l'étranger avec leur famille et de changer de pays tous les trois ans, voire plus…

— Pouvez-vous m'apporter les clefs avant votre départ ? propose Nathalie d'une voix posée. Je vous soumettrai un contrat à votre retour… Lorsque j'aurai vu la maison.

Chacun a compté les jours qui le séparaient du retour de Grégoire. Nathalie n'a pas réussi à le joindre et n'en sait donc pas davantage sur cette jeune fille. La veille de leur arrivée, pendant que Manuela brique l'argenterie, Nathalie prépare le bœuf bourguignon et la charlotte aux fraises, le dessert préféré de Grégoire. Mais le cœur n'y est pas. La pluie ne cesse de tomber. La cuisine est sombre. Comme le moral de Nathalie. Car son couple agonise et elle n'a pas la moindre idée de la façon dont on se procure un amant. La voilà condamnée à vieillir avec un homme qui ne la regarde plus, probablement à devenir grand-mère dans les mois qui viennent, et cette vision de l'avenir ne l'enchante pas du tout.

Le vol AF011 d'Air France a décollé de Kennedy Airport à 21 h 45, heure locale, et son arrivée à Roissy-Charles-de-Gaulle est prévue à 11 heures le samedi matin. À la dix-huitième rangée, Gala et Grégoire sont en train de feuilleter des revues lorsque le steward leur apporte leurs plateaux. Ils ont été servis avant tout le monde, grâce à Gala qui avait pris soin de commander deux menus végétariens au moment de la réservation. Depuis quelques jours, elle se couche tôt en prévision du décalage horaire. Elle a également modifié leur alimentation car, s'ils privilégient les glucides, ils dormiront mieux une fois arrivés en France, dit-elle. Grégoire ne la contredit pas, même s'il n'adhère pas à ses théories. Il est content de retrouver ses parents et sa sœur. Mais il n'envisage pas d'habiter très longtemps avec eux. Le père de Gala possède plusieurs appartements à Paris et il est probable qu'ils vivront dans l'un d'eux. Le jeune homme est toujours secoué par les événements qui ont ébranlé le monde de la finance et se pose beaucoup de questions sur son avenir. Gala le rassure. Elle lui dit qu'il vient juste de terminer ses études et qu'il a le temps de décider.

Au même moment, de l'autre côté de l'Atlantique, Nathalie sort de sa chambre sur la pointe des pieds. Il est 5 heures du matin. Elle se fait une tartine puis allume son ordinateur.

Elle s'est réveillée un peu plus tôt à cause d'un rêve. C'est la première fois qu'une chose aussi avilissante lui arrive. Nathalie s'est toujours interdit l'abus de soi. Non pas que ce soit expressément interdit par l'Église, du moins elle ne le croit pas, mais pour elle l'onanisme est déjà un premier pas vers l'adultère. *Pourquoi mon mari ne me caresse-t-il plus jamais ?* se demande-t-elle en glissant une main tremblante à l'endroit où sa chair palpite de désir.

L'hôtesse immobilise son chariot et récupère les plateaux. Gala, le regard absent, a grignoté son repas du bout des lèvres. Elle retire ses chaussures, applique une crème hydratante sur son visage, met un bandeau pour protéger ses yeux, elle est de plus en plus sensible à la lumière, et se blottit sous la couverture. L'effervescence qui règne dans la cabine ne la perturbe pas. Autour d'elle pourtant, les gens se lèvent et discutent. Certains commencent à faire la queue pour aller aux toilettes. Le personnel de bord sert le café. Grégoire regarde Gala avec amour. Il introduit ensuite ses écouteurs dans ses oreilles et fixe l'écran d'un air satisfait en attendant que démarre la projection du film *Mamma Mia !*

Nathalie entre sur la page Facebook de son fils et fait défiler une à une les photos de ses 314 amis, en essayant de deviner qui pourrait être l'élue de son cœur. Mais les visages féminins finissent par tous se ressembler. Nathalie quitte la session et tape alors *Jean-Christophe de Macé*, sans plus de succès. Comme il lui reste quelques heures avant le lever du soleil, elle surfe sur des sites de rencontres. Cette nuit est décidément celle de toutes les transgressions ! se dit-elle, déconcertée par sa propre hardiesse.

« Un nourrisson vivant a été découvert abandonné derrière un conteneur à bouteilles à Sauveterre-de-Guyenne en Gironde, vendredi en fin d'après-midi ! Le bébé âgé d'à peine vingt-quatre heures est en bonne santé… C'est un habitant de la commune qui l'a découvert en allant jeter des bouteilles. La gendarmerie, qui s'oriente vers un drame de la détresse humaine, demande… »

Nathalie pousse un gémissement étouffé et éteint la radio. Elle pense à la clef de la chambre bleue que Patrice lui a reprise. C'est de l'abus de pouvoir. Elle est libre de faire ce qu'elle veut dans *sa* maison ! Sa colère se ravive. Mais elle ne se disputera pas avec son mari. Pas aujourd'hui. Elle est en train de débarrasser le petit déjeuner lorsque Amélie pénètre dans la cuisine.

— Déjà prête ? s'exclame-t-elle en voyant sa fille habillée et coiffée avec un soin particulier.

Quand je dis que je compte pour du beurre dans cette famille, ce n'est pas pour rien ! Ben oui, maman, je me lève tôt ce matin et je veux être belle pour ton fils qui, soit dit en passant, est également mon frère ! Ma mère a tiqué, j'ai vu son expression, quand j'ai parlé de ma future belle-sœur ! J'avoue, j'ai fait exprès et je ne peux pas m'empêcher, en voyant ma mère aussi nerveuse, de la provoquer. Ce déjeuner familial promet d'être un pur moment de plaisir. Manuela est déjà au garde-à-vous, les lits sont au carré, les chambres dépoussiérées et la table de la salle à manger dressée. Ils ont sorti l'argenterie et les verres en cristal. Papa, qui porte une cravate (fait rarissime un samedi), est même de corvée pour aller chercher le pain et les petits-fours. On dirait qu'ils reçoivent la reine d'Angleterre tellement ils sont au bord de l'implosion !!

La pluie, en tombant, émet un petit claquement régulier sur les vitres. Les Royer ont allumé toutes les lampes de la salle à manger mais celle-ci demeure sombre. Une odeur d'encaustique se mêle agréablement au fumet du bœuf bourguignon. Manuela fait des allers-retours entre la pièce et la cuisine. Elle porte son tablier des grands jours, le blanc à volants, et transpire légèrement. Patrice remplit pour la seconde fois les verres de vin. Nathalie a les joues un peu rouges. Elle ne sait pas ce qui, de l'alcool ou de la ménopause, est à l'origine de ses bouffées de chaleur. Elle regarde son fils avec amour, puis Gala avec un soulagement non dissimulé. La jeune fille parle avec retenue et sourit à peine. Les Royer se félicitent de sa discrétion. Ils n'auraient pas aimé qu'elle soit trop volubile. C'eût été vulgaire et les Royer n'aiment pas la vulgarité. Grégoire s'exprime avec la même emphase que son père et cette pointe d'accent snob qui le caractérise, reprenant même à son compte certaines des expressions paternelles qui le font paraître un peu cabotin et pédant. Gala a troqué ses nippes du marché aux puces de Colombus contre une tenue plus formelle, jean et pull en cachemire. Amélie l'observe du coin de l'œil. Sa joie de retrouver son frère diminue au fur et à mesure.

— … C'est tout de même in-cro-yable que vous rencontriez mon fils à des milliers de kilomètres alors que vos parents n'habitent qu'à quelques encablures de chez nous ! N'est-ce pas, Patrice ?

— Absolument ! Et votre père travaille dans quel domaine, mademoiselle ?

— L'industrie.

— … Une année de césure pour parfaire son anglais… C'est idéal ! Envisagez-vous de travailler par la suite ?

— Je ne sais pas. Probablement. Cela dépend.

Gala sourit d'un air entendu à Grégoire qui lui caresse la main.

Maman est aux anges. Son fils épousera bien une fille du même milieu et peut-être nettement plus fortunée que nous. À ce propos, papa a bien essayé d'évaluer discrètement les revenus de la belle-famille, mais maman l'interrompait à tout bout de champ pour dire des conneries sur un ton mielleux insupportable. Je me demande si cette nana ne pipeaute pas pour les études, parce que, franchement, se taper cinq années de psycho pour faire ensuite baby-sitter à New York ! Mais bon, c'est peut-être ça, être une enfant gâtée. Ça vit dans le luxe et ça dit connaître la vie ! Car il ne fait aucun doute que Gala est une fille à papa, et moi je n'aime pas trop ça. D'autant que celle-ci ne me paraît pas tout à fait franche du collier. Elle a des regards qui me dérangent. Je ne sais pas. C'est étrange. Comme si on n'existait pas. J'en déduis qu'elle est soit hypocrite, soit défoncée. Résultat, mes parents boivent du petit-lait et moi je suis au trente-sixième dessous. J'aurais tellement voulu que Grégoire leur amène un petit scandale d'outre-Atlantique ! Au moins, ça les aurait sortis de cette routine petit-bourgeoise dans laquelle ils s'engluent ! À présent, mon frère évoque la crise et ses perspectives d'emploi, et maman hoche la tête d'un air entendu comme si elle pouvait saisir toute la subtilité du monde financier. Papa n'écoute plus. Il est ailleurs. Je ne sais pas où, mais pas chez nous, et ça lui arrive de plus en plus souvent. Comme personne ne m'adresse vraiment la parole, je détaille Gala de la tête aux pieds, ce qui est une performance quand on est à table. Tellement propre sur elle, cette nana ! La bonne éducation lui sort par tous les pores. Elle est juste comme nous. Enfin comme eux. Et c'est ça qui me déplaît. Elle n'exprime rien. Pas même l'amour qu'elle a pour mon frère. Je ne sais pas si je vais parvenir à l'apprécier un jour.

— … Comme son mari l'a quittée récemment, elle accepte de travailler les week-ends… Elle s'est blessée en épluchant je ne sais quoi…, chuchote Nathalie pour excuser la maladresse de Manuela qui a renversé un peu du contenu de la saucière sur la nappe. Et vous, Gala, votre maman a un *job* ou une occupation ? Vous avez des frères et sœurs ? C'est *tellement* amusant ! Je suis sûre que nous finirons par nous trouver des amis communs… Patrice chéri, veux-tu bien aider Manuela à apporter le bourguignon ? Je crains qu'elle ne fasse une autre bêtise… Merci. Quel est votre nom de famille à propos ? Je ne suis pas sûre que Grégoire nous l'ait dit... *Oooh ! Mais non, ma pauvre !* On n'apporte pas la marmite à table !! Il faut vraiment tout lui expliquer à cette gourde..., gronde Nathalie en quittant la pièce.

— Ça t'aurait choquée qu'on serve directement dans la cocotte ? je demande à Gala histoire de meubler la conversation.

— Rien ne me choque..., répond la jeune fille d'une voix douce. Absolument rien.

— Ah ! Même quand ma mère traite son personnel comme du pipi de chat ?

— Amélie ! (Grégoire se met à rire.) Tu n'as vraiment pas changé !

— Toi non plus, je réponds sèchement.

En observant mon frangin, je me dis que ce qu'il aime, c'est plus l'idée du mariage que Gala elle-même. Et pareil pour Gala. Ils jouent un rôle. Celui du couple bien comme il faut qui se regarde dans le blanc des yeux. Au fond Gala pense peut-être à son premier service de table et à sa liste de cadeaux. Et lui à l'effet qu'il produira lorsqu'il présentera son épouse à son futur patron. *Ma femme !* Oui, socialement, ça assoit un homme d'être marié avant trente balais. Qu'il le veuille ou non, mon frère est la copie conforme de mes parents et cela me désole. Heureusement, lui et Gala n'ont pas joué les prolongations et se sont barrés juste après le café et les mignardises. Grégoire a prétexté la fatigue de Gala. *Pauvre chochotte !* Papa a tendu les clefs de sa 607 mais je sais qu'au fond, il aurait préféré que mon frère prenne la Clio.

Gala a fait une discrète révérence en prenant congé.

Moi elle m'a embrassée sur les deux joues. Du coup je me suis sentie obligée de lui sourire et de lui dire avec une certaine dose d'hypocrisie *à bientôt !* Ce qui prouve, que je le veuille ou non, que je suis bien la fille de mes parents.

Après le départ de Grégoire et Gala, Nathalie laisse éclater sa joie. Son visage est si radieux qu'elle paraît soudain quelques années de moins.

— Qu'est-ce que je suis contente !

— Et moi donc ! Je craignais le pire ! murmure Patrice.

— Ça alors ! Et tu me critiquais…

— Il faut croire que nous nous sommes fait du mauvais sang pour rien ! On pouvait faire confiance à son jugement.

Nathalie se rassoit sur le canapé, prend un mini-éclair au café et le mange avec volupté.

— Cette jeune fille est ra-vi-ssante ! *Tellement* distinguée ! J'étais si anxieuse que je n'en ai pas dormi ! ajoute-t-elle en rougissant.

— On voit tout de suite qu'elle est intelligente ! renchérit Patrice en s'asseyant à côté de sa femme. Je n'ai pas réussi à savoir ce que faisait son père. À cause de toi, d'ailleurs, ajoute-t-il, agacé.

— On le saura bien assez tôt ! Ils ont l'air pétés de blé… Mumm ! Cet éclair est à tomber ! Tu ne dis rien, Amélie ? Ta future belle-sœur te plaît ?

— C'est vrai ça ! Dis quelque chose… ! ajoute son père.

— Qu'est-ce que vous voulez que je vous dise ? Elle ne fera pas tache dans la famille…

— Ce qui veut dire ?

— Ce que ça veut dire… Et qu'elle soit *pétée de blé*, chère maman, la rend encore plus ravissante !

Nathalie hausse un sourcil, fait mine d'ajouter quelque chose puis s'abstient. Elle fait glisser ses escarpins, ramène ses jambes sous elle et pose sa tête sur l'épaule de son mari. Voilà des mois que cela ne leur était pas arrivé. Amélie, renfrognée, allume la télévision et monte le son afin de couvrir le bruit des casseroles dans la cuisine. Dehors, la pluie redouble et le ciel s'assombrit davantage.

Le soir venu, Nathalie se poste en sous-vêtements devant son mari. Elle ne s'est pas montrée dans cette tenue depuis des années et elle en est à la fois émoustillée et confuse. Mais elle s'est promis de tout essayer pour le reconquérir.

— Patrice !

— Oui ? répond-il distraitement en levant les yeux de ses mots croisés.

Nathalie dégrafe son soutien-gorge. Ses seins lourds jaillissent et elle ne fait rien pour les cacher.

— Regarde-moi…, chuchote-t-elle en faisant glisser sa culotte très lentement le long de ses cuisses.

Patrice a un sourire gêné. Nathalie s'approche et repousse les draps.

— Enlève ton pyjama…

Puis d'une voix qui chavire :

— Aimez-moi… Patrice chéri.

La chambre à coucher directoire est faiblement éclairée par le rayon de lune qui perce à travers les tentures de soie rose. À la droite du lit, l'homme porte un pyjama en percale rayée bleu et ses mules en velours, frappées d'un écusson doré, sont alignées à ses pieds. Des bouffées de chaleur ont obligé la femme à côté de lui à se découvrir, dévoilant ainsi un corps nu et flétri. D'épaisses larmes coulent le long de ses joues et échouent au creux de ses clavicules. Nathalie aimerait que son mari sache à quel point il l'a blessée, en refusant de céder à ce qu'il a nommé *ses caprices*. Mais il dort à poings fermés ou fait semblant. Elle ne se sentait déjà plus tout à fait une mère. Désormais, elle a cessé d'être une femme. Probablement a-t-elle atteint l'âge de mettre un terme à sa sexualité. Mais pourquoi, dans ce cas, ses sens sont-ils aussi exacerbés ? Ses amies de Bois-Joli éprouvent-elles les mêmes drôles d'envies ? Sont-elles délaissées par leur mari ? Jamais elle n'oserait en parler. Pas même à confesse. Il y a bien ce parcours *Elle et lui* qui s'adresse aux couples souhaitant fortifier leur relation. Tous les thèmes y sont abordés. Le conflit, le pardon. Mais aussi la sexualité. De toutes les façons, quand bien même aurait-elle voulu y participer, Patrice y aurait mis son veto. Elle prend sa nuisette sous l'oreiller et l'enfile, le cœur gros.

C'est mon père qui a déconné le premier. Cela s'est passé le lendemain. Dimanche. Au petit déjeuner. Tout avait pourtant bien commencé. Maman était d'humeur joyeuse et, pour une fois, ne semblait pas pressée de filer à la messe. Elle a même plaisanté sur le fait que je ne voulais plus y aller, ce que j'ai pris comme une autorisation implicite. Elle avait dressé la table à la manière d'un hôtel 4 étoiles en disposant la confiture dans des petits récipients en porcelaine blanche dont on ne se sert jamais, et avait servi le café et le lait dans le service en argent. Même si je subodorais qu'elle faisait tous ces efforts pour son fils et n'en aurait pas fait le quart pour moi, eussé-je été retenue prisonnière six mois dans une geôle d'Afghanistan, j'étais assez contente de voir mes parents souriants et décontractés. Mon père s'est même fendu d'un compliment. Enfin, pas à ma mère directement mais à propos de la confiture de myrtilles qu'il trouvait excellente, et venant de mon père, c'était déjà une prouesse.

— Tu as fait un bon choix, a-t-il commencé. Gala m'a fait un *excellent* effet !

— Ah mais à *moi aussi* ! Ta fiancée est ravissante…, a renchéri ma mère.

— Maman avait peur que tu ramènes une Black à la maison ! j'ai ricané.

— Une Black ?

— Ou une Juive ! Je ne sais pas ce qui était le pire pour elle !

Hormis cette petite plaisanterie qui n'a pas du tout eu l'heur de plaire à mes parents, nous sommes parvenus sans encombre et dans la gaieté jusqu'à la troisième fournée de toasts. Puis quand Grégoire a annoncé qu'il manquerait le déjeuner dominical parce qu'il était invité chez les Mallet, papa a manqué d'avaler son café de travers.

— Les Mallet ? Qui sont ces gens ?

— Ben ! Les parents de Gala !

Maman était ravie de cette invitation.

— Ton amie s'appelle Gala Mallet ?

Mon père a posé la question de sa voix de quand on ramène de très mauvaises notes.

— Papa espérait sûrement un nom à particule ! j'ai dit pour détendre l'atmosphère.

Je sentais comme un malaise.

— Son vrai nom est Gala Mallet de Puysere..., a précisé mon frère en rougissant.

Peut-être au fond que ma blague n'était pas si absurde que cela.

— Mallet de Puysere...

— Qu'y a-t-il ? Tu les connais ? s'est étonnée ma mère avant d'avaler d'une traite son jus d'orange, ce qui prouvait qu'elle se foutait complètement de la réponse.

— En fait elle s'appelle Victoire à la base ! a enchaîné Grégoire.

Depuis qu'il est petit, mon frère se sent toujours obligé de tout dire.

— Gala, c'est son deuxième prénom. Celui de sa grand-mère, je crois. Elle ne supporte pas *Victoire*.

— Oh c'est amusant de changer d'identité comme ça ! dit Nathalie. Quoique *Victoire* c'est assez joli. Ce ne sont pas les Garnier qui ont une nièce qui s'appelle Victoire ?

Et là, au lieu de réfléchir à l'intéressante question de ma mère, mon père a dit, à brûle-pourpoint, d'une voix qui m'a paru essoufflée :

— Ces fiançailles ne sont-elles pas précipitées ?

— Pardon ?

Là, on s'est tous tus. Même moi, je n'étais pas sûre d'avoir bien entendu.

— Je te demande si cette jeune fille est vraiment faite pour toi.

— Je ne te suis pas, là, papa… C'est quoi, ce revirement ?

— Je dois te dire que je t'imaginais avec une femme plus… ambitieuse. Je suis déçu.

— Ambitieuse, mon frère a répété.

Je voyais bien qu'il allait mal parce qu'il était pâle.

— Ne fais pas attention…, est parvenue à articuler ma mère. Ton père ne pense pas ce qu'il dit…

— Je pèse chaque mot, bien au contraire !

Son visage est devenu tout blanc.

— Mon fils n'épousera pas la première fille qui passe !

Grégoire s'est levé. Ses mains tremblaient pendant qu'il mettait son blouson. La rage ou le choc, je ne sais pas.

Maman était défaite.

— Achète des fleurs à Mme Mallet de Puysere !

Elle a quand même eu la force de dire ça parce qu'elle veille toujours à ce qu'on soit polis en toutes circonstances.

— Ce doit être une femme raffinée ! Il y a un très beau fleuriste à Saint-Germain-en-Laye…

Mon frère a claqué la porte d'entrée. Et puis on a entendu la voiture démarrer. Et maman s'est mise à hurler. Elle a traité mon père d'égoïste, de méchant, de jaloux et puis d'un tas d'autres noms qu'elle ne m'autorise pas à employer à la maison. Je ne l'avais encore jamais vue insulter mon père. Le pire c'est que, pendant qu'elle criait, elle tenait le couteau à pain serré entre ses doigts. Je me demande ce qui se serait passé si le téléphone n'avait pas sonné pile-poil à ce moment-là ! Ma chère maman s'est arrêtée net dans son élan pour prononcer le *Allô* des gens heureux. Et snobs. Car elle dit toujours *Allô* de façon maniérée. Et devinez quoi ? C'était la mère de Gala qui nous conviait à dîner. Alors là, la voix de maman a pris au moins deux octaves dans l'aigu. *Et votre fille est tellement charmante... Et nous sommes tellement heureux... Et ce sera un plaisir de vous rencontrer...* J'ai regardé subrepticement mon père. De minuscules gouttes de sueur perlaient sur sa lèvre supérieure. J'ai cru qu'il allait tourner de l'œil. Et quand maman a raccroché, il a dit *Je refuse d'aller chez ces gens-là.* J'avais peur qu'elle l'assassine pour de bon, et puis non ! Elle l'a toisé de super haut et a dit d'un ton très calme *qu'à cela ne tienne, très cher, nous irons sans toi.* Et elle a aussitôt quitté la pièce.

C'était un dimanche gâché. Et le moins qu'on puisse dire, c'est qu'en ce moment, je les collectionnais.

Troisième Partie

Nous roulons à présent en direction de Saint-Germain-en-Laye pour nous rendre à ce fameux dîner chez les Mallet. Moi je continue à dire les Mallet mais maman préfère les appeler par leur nom entier. Ou parfois elle dit juste *les Puysere* avec le ton léger des châtelains. Mon père conduit. Je ne sais pas si c'est ma mère qui l'a convaincu de venir ou le fait que mon frère ne lui adresse plus la parole, mais quoi qu'il en soit, la famille est au complet et chacun est plongé dans ses pensées. Je parie que maman prie pour que la robe qu'elle a achetée aux Galeries Lafayette soit assez chic sans être ostentatoire, car elle déteste tout ce qui fait nouveau riche. Elle doit aussi se demander si la mère de Gala est plus jeune ou plus âgée qu'elle, plus jolie ou plus moche, ce genre de questions qu'elle n'a pas osé poser à mon frère, car depuis la scène de dimanche, il est devenu très chatouilleux sur le sujet. Et puis, telle que je connais ma mère, elle doit également se faire du souci à propos de la bague de fiançailles. Faut-il qu'elle donne le solitaire cinq carats ? Après tout, on ne sait jamais si une pièce rapportée va rester cousue à la souche *ad vitam aeternam*. Et si un jour

Gala prenait la poudre d'escampette, ce serait plus grave pour maman qu'elle se tire avec la bague de famille plutôt qu'avec un autre ! Je ne sais pas pourquoi les belles-mères se méfient toujours de leurs brus ! Je m'en souviendrai quand ce sera à mon tour d'épouser et, si l'occasion m'est donnée de trouver un prince charmant orphelin, je n'hésiterai pas. Je suis sûre que mon frère pense à la bête de teuf qu'il va donner et au nombre de copains qu'ils vont inviter. Depuis qu'il a changé de statut et pas seulement sur Facebook, en passant de *célibataire* à *en couple*, il ne se sent plus pisser. Qu'est-ce que ce sera quand il sera marié pour de vrai ! Qu'il fasse la tronche à mon père, je comprends, mais même avec maman et moi, il est devenu distant. Plus je l'observe et plus je crois que mon frère aime davantage l'idée du mariage que la meuf elle-même. En tout cas, question milieu, il n'a pas choisi Cosette ! Ce qui prouve bien que, sous ses airs de futur trader friqué qui boit des coupes de champagne à tous les *openings* des galeries d'art branchées de New York, mon frangin n'est qu'un petit-bourgeois conservateur ultralibéral de merde. Oui, je sais, je ne suis pas très charitable (c'est un adjectif que maman utilise beaucoup) mais j'en veux beaucoup à Grégoire de reproduire à l'identique le schéma familial et social, alors que j'espérais qu'il allait me préparer le terrain en amorçant un vrai changement ! Quand je pense qu'il y en a qui veulent s'intégrer ! Moi c'est de me désintégrer que je rêve !

Il paraît qu'ils ont un château dans la Sarthe. Et un chalet à Megève. On fait vraiment figure de pauvres à côté ! J'espère que Grégoire aura un bébé très vite. Au moins, je saurai quoi faire de mes week-ends. À condition que sa femme veuille bien me le confier. Mais Gala est tellement adorable ! Je suis sûre que tout se passera bien. De mon côté, je vais être très gentille et éviter les réflexions désagréables. Quand je pense que Patrice a failli faire tout capoter. Cet homme devient fou ! Mais je ne m'inquiète pas. Ce soir, il fera bonne figure. On s'est à peine adressé la parole depuis dimanche. Il ne veut pas justifier son changement d'attitude. Parfois, je me demande si je l'aime encore. J'espère que ma robe Paule Ka est adaptée à la circonstance. Esprit cocktail. Cela dit, elle me va à ravir. Même Amélie me l'a dit. Je vais faire en sorte qu'Anne de Macé nous invite, d'autant qu'elle nous doit un dîner, et je mettrai cette robe pour charmer son mari ! Je n'arrête pas de penser à lui. Sa femme a l'avantage d'être plus jeune que moi mais elle est habillée comme un as de pique ! J'espère que je ne vais pas être la plus âgée des deux, ce soir… Et si je donnais le rubis de bonne-maman plutôt que la belle pierre de tante Eugénie ? Le solitaire vaut beaucoup d'argent et on n'est jamais à l'abri d'un divorce… *Oh ! mon Dieu ! C'est leur maison, ce manoir ? Tu as décroché le gros lot, mon garçon !*

Les Royer ont garé leur voiture dans la grande cour pavée, à côté d'une Jaguar et de deux Mini cabriolets. Ils sont un peu empruntés tandis qu'ils attendent devant la porte d'entrée. Grégoire regarde ses pieds, Nathalie enlève un fil sur sa robe bleu marine et Patrice lève la tête vers les fenêtres du premier étage d'un air inquiet. Plus décontractée, Amélie envoie un SMS à Alexandra avant de mettre poliment son téléphone en silencieux.

Le maître d'hôtel vient ouvrir. Le fait qu'il soit sri-lankais lui confère un chic anglo-saxon d'autant plus respectable qu'il est teinté d'exotisme colonial. Cet homme, dont la principale fonction est de conduire la Jaguar de monsieur, n'a pas ses papiers. Pourtant cela fait cinq ans qu'il est en poste dans la maison de cet industriel qui a de nombreuses relations « haut placées ».

La première chose que Nathalie remarque en pénétrant dans le hall d'honneur est la brochette de portraits de famille sur les murs. Elle présente son manteau à une femme ainsi que son foulard Hermès et attend que son mari et ses enfants fassent de même.

Alors qu'ils sont introduits dans un immense salon verrière, Mme Mallet de Puysere apparaît. Grande, distinguée, chaleureuse, elle ouvre les bras et embrasse Nathalie sur les deux joues.

— Entrez ! Entrez ! Nathalie ! Comme je suis contente !

Sa voix est un peu cassée, rauque comme celle des fumeurs. Elle est vêtue d'un jean et d'une chemise en soie taupe sur laquelle tombe un long sautoir de perles Chanel. Aux pieds, des mocassins plats de chez Tod's compensent sa taille. Elle sent L'Heure bleue de Guerlain et son haleine dégage une légère fragrance de Marlboro teintée de whisky. Elle donne une vigoureuse poignée de main à Patrice et conduit Nathalie vers le salon attenant.

— Grèèg ! dit-elle à l'américaine sans prononcer le R. Va donc rejoindre Gala dans sa chambre ! Tu connais les lieux maintenant. Quant à toi, Amélie, je vais te présenter à mes trois monstres, tu ne seras pas obligée de supporter de vieux schnocks comme nous !

C'est cela oui, nous pourrons jouer à la Barbie ou au docteur ! pense Amélie en souriant poliment tandis que sa mère renchérit par un petit gloussement approbateur, bien qu'elle n'apprécie pas du tout d'être cataloguée de la sorte.

— Ah ! vous voilà enfin ! (Une voix caverneuse s'élève du fond de la pièce.) On se languissait de vous connaître ! Entrez, très chers ! Pardonnez-moi, j'économise mes gestes… une mauvaise chute de cheval…

— Oh ! rien de grave, j'espère ?

Charles-André saisit la main de Nathalie et l'approche de ses lèvres puis serre celle de Patrice en doublant le geste d'un british *comment allez-vous ?*

— Enchanté, mademoiselle Amélie. Mes fils, Quentin et Hubert. Et ma fille Géraldine. Asseyez-vous, je vous en prie…

Nathalie Royer se demande comment aborder le sujet qui les réunit ce soir mais Charles-André brise la glace.

— Alors. Nos chères têtes brunes ont des projets ?

— Il semblerait…

Le sourire de Nathalie se crispe de minute en minute car Patrice n'a pas émis le moindre son depuis son arrivée.

— Nous a-do-rons votre fils !

— Eh bien, vous nous en voyez ravis ! s'exclame Nathalie avec soulagement. Nous vous retournons le compliment. Gala est ra-vi-ssante !

Les éclats de rire de Mme Mallet de Puysere la

surprennent. Elle tourne la tête vers Patrice mais il semble à des milliers de kilomètres.

De part et d'autre de la longue table dressée pour un dîner d'apparat sont posés deux immenses candélabres dont la lueur vacillante aurait pu conférer à la pièce une certaine solennité si une grappe de ballons multicolores ne s'était agglutinée au plafond.

— Deux cents ballons à l'hélium ont été lancés pour la soirée de Géraldine ! explique la maîtresse de maison. C'était follement amusant !

Puis, s'adressant à Amélie :

— Tu appartiens à un rallye ?

— Pas vraiment, non…

— Eh bien ce sera l'occasion ! Le suivant aura lieu au printemps prochain ! Je te mets sur ma liste…

— Ne laissez donc pas nos amis debout, *mamour* ! Vous êtes une insatiable bavarde…

— Bien sûr, *darling* ! Patrice ! Venez à ma droite ! Et Nathalie *of course* à la droite de Charles-André. Qui préside. Je ne sépare évidemment pas les fiancés… Amélie entre mes deux garçons… Non… Hubert… Ici… Voilà ! Et enfin Géraldine, à côté de ton futur beau-frère… Asseyez-vous, je vous en prie.

Et tandis que chacun prend place, elle chuchote en aparté à Patrice :

— Quelle jolie famille nous allons composer grâce à nos enfants, n'est-ce pas ?

Les murmures de bienséance et les derniers raclements de chaises sont interrompus par le tintement d'une cuillère sur le cristal, suivi de la voix énergique de Charles-André.

— Un peu de silence, chers amis ! Et trinquons à nos enfants !

— À l'amour ! renchérit son épouse en levant son verre.

Nathalie parcourt rapidement le menu. Elle ne pourra jamais rivaliser, se dit-elle, impressionnée.

— Un cuisinier à demeure est un luxe dont je ne saurais plus me passer ! lui glisse Charles-André, comme s'il avait lu dans ses pensées. Mon épouse est incapable de cuire un œuf…

— Mais quel raffinement ! Nous lui devons certainement l'élaboration de la carte…, sourit Nathalie.

Les langoustines tandoori croustillantes se dégustent dans un silence quasi religieux. Puis le père de Gala annonce qu'il met un appartement à la disposition des fiancés.

— Au moins, ma fille sera logée décemment !

Ne sachant comment interpréter cette phrase, les Royer remercient du bout des lèvres, et Charles-André embraie sur les biens qu'il a acquis grâce à la loi Malraux. La conversation entre adultes est enfin amorcée.

— Et toi, tu es en S ou L ? demande Amélie à Géraldine, assise en face d'elle.

— S. Je m'emmerde grave… mais c'est la section d'excellence.

— Tout dépend de ce que tu veux faire. Tu le sais déjà ?

— Du droit probablement.

Puis en éclatant du même rire que sa mère :

— C'est là qu'on trouve les meilleurs partis de France !

— Tu te souviens d'Ondine Durieux ? demande Hubert à Grégoire, assis à l'autre bout de la table, faisant ainsi profiter tout le monde de cet échange. Elle te passe le bonjour !

— Vous connaissez les Durieux ? s'étonne Nathalie.

— Du temps où on habitait Bois-Joli ! Ondine est maintenant dans la même fac que moi !

— Vous avez habité Bois-Joli ? (Nathalie est stupéfaite.) Et Gala qui ne nous a rien dit !

— C'était il y a fort longtemps...

Amélie remarque que Mme Mallet de Puysere est un peu crispée.

— Mais vous y êtes restés combien de temps ? Nous avons certainement des amis en commun..., insiste Nathalie. Pourquoi ne m'as-tu rien dit, Gala ? C'était en quelle année ?

— *Darling !* Veux-tu bien resservir du saint-julien à la maman de Grégoire !?

— Dites-moi, très chère, vous êtes bien dans l'immobilier ? s'enquiert Charles-André tout en versant délicatement le vin.

Nathalie est déroutée. Elle prend conscience du silence de Gala et la pièce se met à tourner doucement.

— Merci..., fait-elle en posant sa paume sur le verre. Je crois que j'ai un peu trop bu.

Le sol se dérobe sous ses pieds. Charles-André lui parle de la crise économique mais Nathalie ne parvient pas à se concentrer sur la conversation. Gala a les yeux braqués sur elle. La fixité de son regard, son visage long et effilé l'effraient soudain. Le cœur de

Nathalie bat très fort. Sa vue se brouille. Les paroles et les rires enflent avant de laisser place à un silence oppressant. Quelqu'un lui maintient la tête sous l'eau. Ses oreilles bourdonnent. Nathalie étouffe. Comme autrefois. Lorsqu'elle croyait qu'elle était en train de mourir. *Vous êtes victime d'attaques de panique, madame Royer.* Elle essaie de penser à quelque chose d'agréable. De chaud. La naissance de Grégoire. *Jean-Chris*. Elle inspire et expire par le ventre. Ses battements cardiaques se régulent progressivement. Le niveau sonore repasse à la normale. Nathalie parvient à juguler son angoisse.

Pour quelqu'un qui aime observer les gens comme moi, ce dîner est un pur moment de bonheur ! Et puis je me régale ! Le pigeon confit dans un jus de réglisse aux girolles est à tomber par terre et le foie gras était divin ! *Poché au cassis et pinot noir*. Pauvre maman ! Elle n'a plus qu'à se rhabiller ou reprendre des cours de cuisine ! Même son crumble, qui est pourtant une de ses spécialités, risque d'être pulvérisé par celui des Mallet : figues fraîches et crème au lait d'amandes ! Je m'empiffre sans toutefois perdre un mot de ce qui est dit autour de cette table. J'ai d'ailleurs noté au passage que le sujet de Bois-Joli dérangeait madame et que monsieur a fait diversion avec beaucoup d'habileté. Leur petit jeu est parfaitement rodé. Ça n'augure rien de bon pour la suite. Dommage que je n'aie pas les talents d'un dessinateur pour croquer les expressions de chacun ! Maman passe son temps à regarder à droite et à gauche, on dirait qu'elle est sur le point de tourner de l'œil. Je veux bien qu'elle soit *très* impressionnée, limite jalouse, par le faste de la demeure et le dîner étoilé, mais j'ai l'impression qu'il y a autre chose. Quant à la mère de Gala, elle rit à gorge déployée toutes les trente secondes – à mon avis c'est une grande hystérique – en posant chaque fois sa main sur celle de mon père qui, lui, a l'air d'avoir un balai dans le cul depuis le début de la soirée ! À la place de mon frère, je serais humiliée de le voir aussi constipé, mais Grégoire a l'air de s'en taper comme de sa première couche-culotte. Gala est lugubre. Je me demande ce que mon frère lui trouve. C'est tout juste s'ils se préoccupent de nous, alors que cette mascarade a lieu uniquement à cause d'eux. Ils pourraient quand même faire l'effort de participer à la conversation ! Quant aux débiles à côté de moi, je n'ai rien à leur dire ! J'ai pourtant essayé mais la fille est une tepu qui ne pense qu'à se trouver un mari en fac de droit et les garçons passent leurs soirées à coller des affiches pour je ne sais quel parti politique. Franchement, quand je regarde ces culs-terreux, je me dis que mon frère va rentrer dans une famille pire que la nôtre !

— … Nous avons un petit relais dans la Sarthe. *Trois fois rien* mais on peut y loger tout le monde. Nous feriez-vous le bonheur de venir un week-end pendant la chasse ? Le pigeon que vous avez mangé a été chassé par Quentin, *by the way* !

— Tu es un bon ou un mauvais chasseur ? plaisante Amélie.

— … Avez-vous déjà vu voler une maubèche ou un pluvier ? Non ? Et une barge rousse ? Oh ! mon Dieu ! Il faut absolument que vous voyiez cela ! C'est magnifique !

— C'est dans le sketch des Inconnus ! Ça ne te dit rien ?

— ... Il faudra attendre février pour le bécasseau-maubèche, mamour...

— Alors mes amis ? Un petit week-end dans notre château de la Sarthe ?

Nathalie n'en a aucune envie. Elle tente de capter le regard de son mari, dont la réponse ne se fait pas attendre.

— Merci mais ce ne sera pas possible, dit-il d'une voix ferme. Je vais avoir des week-ends extrêmement chargés pour les mois à venir...

— Ah ! ces avocats ! Droit des affaires ? demande Charles-André.

— Droit de la famille...

— Vous défendez les intérêts des hommes, j'imagine ?

— De tous.

— En tout cas, qu'est-ce que les bonnes femmes sont voraces ! J'ai un ami qui a dû débourser un paquet de...

— Mais *darling* ! l'interrompt sa femme. Le cas de Louis est une exception !

— Qui confirme la règle !

— Cette pauvre Bérénice s'est fait quitter à plus de soixante-quinze ans !

— J'ignorais qu'on puisse encore être quittée à cet âge ! s'exclame Nathalie.

Elle est terriblement soulagée que son mari ait décliné l'invitation.

— Ils se dé-testaient ! Ils faisaient frigidaire à part !

— Fri-gi-daire à part ? répète Nathalie. Je n'ai jamais entendu ça nulle part !

Amélie et Grégoire éclatent de rire.

— Ils avaient leurs tablettes attribuées. Et chacun sa moitié du bac à légumes ! La cohabitation était devenue infernale… Ils en sont même venus aux mains !

Grégoire se tourne vers Gala mais la jeune fille ne partage pas son hilarité. Elle semble une fois de plus perdue dans ses pensées.

— Pourquoi ne se sont-ils pas quittés avant ? demande Amélie, fascinée.

— Quelle question ! Ils avaient bien trop d'intérêts communs !

Après le dîner, Charles-André entraîne Patrice dans le fumoir, à l'écart des autres.

— Nous serons mieux entre hommes. Nos enfants flirtent à l'étage et nos femmes parlent chiffons…, dit-il en se saisissant d'une bouteille de cognac.

— Je doute que Nathalie soit particulièrement intéressée par le sujet ! fait observer Patrice d'un ton goguenard.

— Vous préférez peut-être écouter leurs histoires ? sourit Charles-André avec une once d'ironie avant de verser le liquide ambré dans le verre de son invité.

— Un doigt ! Merci.

Patrice boit une première gorgée.

— Excellent !… J'avoue que je ne suis pas très favorable aux clans des sexes.

— Vous ne fréquentez donc jamais les coteries masculines ?

— Pas particulièrement…

— Même lorsqu'il s'agit de regarder un bon match de football ?

Patrice sourit.

— C'est différent…

— La mienne aime faire les boutiques… C'est son passe-temps favori… Avec le golf, bien sûr.

— Ah ! votre épouse aime le golf ? Moi aussi !

— Elle sera ravie de l'apprendre ! Vous pourrez taper des balles…

— Je n'en peux plus…, murmure Gala en s'allongeant sur son lit.

— Je ne comprends pas pourquoi tu ne vas pas voir un médecin…

— Cela ne sert à rien. Tous les grands migraineux le savent !

— Tu es sûre que tu ne me caches rien ?

— À quel propos ?

— Je ne sais pas. Tu es bizarre. Tu me parles à peine. Il y a quelque chose qui te déplaît ?

— Je suis juste fatiguée, Greg ! C'est fou comme les gens ne comprennent jamais rien et ramènent tout à eux !

— J'aimerais que tu ne me mettes pas dans la catégorie des *gens*, si cela ne te fait rien...

— Désolée.

Grégoire l'observe à la dérobée. Elle tresse une mèche de ses cheveux.

— Et à part ça ? Comment tu as trouvé l'ambiance ? reprend-il.

— Ça va !

— Mon père est un peu coincé mais j'imagine que ça lui passera…

Grégoire s'approche du bureau de Gala et ouvre les tiroirs les uns après les autres.

— Est-ce que tu tenais un journal intime quand tu étais ado ? J'ai toujours rêvé de connaître les pensées d'une nana de quinze ans… Tiens !? C'est quoi ça ? s'étonne-t-il en brandissant une photo. Tu ne m'as jamais dit que tu avais été dans un pensionnat ! ?

— Ferme ces tiroirs ! ordonne Gala en se levant brutalement.

Elle lui arrache la photo et le pousse avec rage contre le mur.

— Je t'interdis de fouiller dans mes affaires !

Sur le chemin du retour, personne ne fait de commentaires sur la soirée. Chacun est enfermé dans ses pensées. Amélie n'aime pas imaginer que la vie de Grégoire puisse se dérouler comme une publicité pour la Société Générale ou le Crédit Lyonnais. Au début, tout sera tout beau et tout gentil, son frère aura confiance en l'avenir, on lui promettra un prêt bonheur à taux zéro et un ciel sans nuages. Mais *in fine*, il sera comme tout le monde, avec des dettes et des rancœurs, et son histoire se terminera dans la faillite du grand système amoureux. Amélie est sûre que les Mallet et ses parents voudront organiser un beau mariage avec de grands chapeaux et des lancers de riz à la sortie de l'église. D'ailleurs, en ce moment, sa mère doit réfléchir à la tenue que porteront les demoiselles d'honneur. Et puis Grégoire va décrocher son premier boulot. Ils auront un bébé, suivi d'un deuxième, et les baptêmes s'enchaîneront. Amélie soupire. Après la douceur des premières années viendra l'amertume. La vie sexuelle du couple déclinera, la répulsion succédera au désir et le dégoût au plaisir. Gala ou Grégoire se laisseront conter fleurette ailleurs. Et l'inévitable mademoiselle adultère se faufilera dans leur lit en prenant la place du milieu. Voilà. Ils finiront comme ces septuagénaires qui faisaient frigidaire à part et se tapaient sur la gueule en pleine nuit. Tout ça parce qu'ils auront *trop d'intérêts communs* ! Pour un peu, Amélie se mettrait à pleurer, tant le tableau qu'elle a brossé du couple est pessimiste. Puis elle pense au fou rire qu'elle a eu avec son frère et à leur complicité retrouvée. Elle serre la main de Grégoire pour se faire pardonner sa méchanceté.

— Ça va, Mélie ? dit-il gentiment.

Mélie. C'était son surnom quand elle était petite. Elle sourit.

— Tu penses que Gala et sa mère s'entendent ? ne peut-elle s'empêcher de demander.

— Pourquoi ?

— Comme ça…

Elles ne se parlaient que par personnes interposées. Grégoire l'avait effectivement remarqué. La seule fois où il avait entendu Gala s'adresser tendrement à sa mère, elle était en train de rêver. Elle avait prononcé *maman* plusieurs fois, avec délectation, puis s'était mise à pleurer. Par discrétion, Grégoire n'avait jamais abordé ce sujet avec Gala. Ce n'est pas avec sa sœur qu'il allait commencer.

En pénétrant dans la cuisine le lendemain matin, Patrice remarque tout de suite l'extrême pâleur de Nathalie et ses traits fatigués. Le châle qu'elle porte sur les épaules est le signe qu'elle s'est levée aux aurores. Sa femme est debout. Prête à l'attaque.

— Il faut qu'on parle, Patrice, dit-elle en baissant le son de la radio.

— À quel propos ? demande-t-il avec circonspection.

— Ta future belle-fille.

Il lui avait semblé que Nathalie avait insisté sur le pronom personnel. Pourquoi Gala aurait plus été *sa* future belle-fille que la sienne ? Il est immédiatement sur ses gardes.

— J'ai beaucoup réfléchi. Je ne la sens pas.

Où Nathalie voulait-elle en venir ? Patrice boit une gorgée de café et attend la suite.

— Je n'aime plus l'idée de ce mariage. Tu dois convaincre ton fils d'y renoncer.

— Mais qu'est-ce que tu veux que je lui dise ? demande-t-il, stupéfait.

— Tu n'as qu'à trouver.

Patrice ne parvient pas à travailler. Pourquoi sa femme a-t-elle brutalement changé d'opinion ? La soirée s'était pourtant bien déroulée. Enfin, autant que faire se peut. Car voir réunis autour d'une même table son épouse, sa maîtresse et le mari de celle-ci était une situation risquée et une épreuve sur le plan émotionnel. À cela il avait fallu ajouter leurs enfants respectifs, dont deux avaient comme projet insensé de se marier ! Au début, la chose lui avait semblé non seulement impossible à gérer, mais également très répréhensible sur le plan moral. Il avait d'ailleurs demandé à Marie-Laurence d'annuler ce dîner. *Tu ferais passer notre histoire avant le bonheur de nos enfants ?* lui avait-elle rétorqué. Non. Bien sûr que non. Mais il en voulait à son fils. Comme si Grégoire lui avait volé une partie de sa vie. La mâchoire de Patrice se contracte de colère. *Mais pourquoi a-t-il fallu que ce petit con aille s'amouracher de cette fille ?* Nathalie a probablement tout deviné. Sinon pourquoi lui avoir servi cette tête d'enterrement au petit déjeuner ?

Il avait rencontré Marie-Laurence au cabinet. Elle envisageait alors de divorcer et avait besoin des conseils d'un avocat.

— Il se trouve que mon mari possède beaucoup de biens et d'énormes capitaux…

Elle voulait avoir une idée précise du montant de sa compensation financière. Il l'avait mise en garde.

— Pardonnez-moi, mais trop de couples cherchent à faire établir l'infidélité de leur conjoint dans un but vénal… Je ne dis évidemment pas cela pour vous…

Elle avait croisé les jambes et sa jupe était remontée jusqu'en haut des cuisses laissant entrevoir, une fraction de seconde, des porte-jarretelles sur sa peau nue. Puis elle avait allumé une cigarette et soufflé un nuage de fumée sur lui.

— Pourriez-vous *juste* examiner mes chances, maître ?

— Depuis combien de temps êtes-vous mariée, madame ?

— Vingt-six ans. Suffisamment pour m'être lassée.

— Vous avez des enfants ?

— Quatre. Deux filles. Deux garçons.

Au moment de prendre congé, ils s'étaient baissés en même temps pour ramasser l'étui à cigarettes que Marie-Laurence avait sciemment laissé tomber. La vue qu'offrait son décolleté l'avait à ce point troublé que Patrice avait *intimement* pensé à cette femme les jours suivants. Au deuxième rendez-vous, il était déjà au paroxysme de l'excitation.

La sonnerie de sa ligne directe le tire de ses pensées.

— Comment as-tu trouvé le dîner ?

— Excellent.

— Et moi ?

— Parfaite.

— Même heure même endroit ?

— Absolument.

C'est au Pullman La Défense, dans une de ces chambres à la vue panoramique, que Patrice et Marie-Laurence se retrouvaient depuis bientôt un an. Patrice se lève et fait entrer son premier client.

— Elle va me le payer ! Elle n'aura rien ! *Peanuts !* Elle veut la guerre, elle l'aura !

L'homme s'éponge nerveusement le front puis poursuit.

— Mes maîtresses sont des épiphénomènes ! Ça ne remettait rien en question entre nous ! Mais cette *connasse* ne veut rien entendre ! C'est mon banquier qui m'a prévenu… Non mais elle croit quoi ? Que je vais me laisser dépouiller ? Y a pas marqué *Pigeon*…

— Reprenons point par point si vous le voulez bien, l'interrompt Patrice d'une voix lasse. Quel compte bancaire votre femme a-t-elle vidé ? Le commun ou le personnel ?

Nathalie a quitté la maison peu de temps après le départ de son mari. Elle ne voulait pas risquer de croiser son fils à la cuisine. Pour lui dire quoi ? Que les Puysere sont peut-être des gens charmants mais que Gala est une fille dangereuse ? Et comment justifier son intuition ? Nathalie sait qu'elle n'a aucune preuve mais elle fera tout ce qui est en son pouvoir pour empêcher ce mariage.

— Équation, bonjour ! dit Nathalie en regardant sa montre.

— C'est Anne-Françoise… de Kerviller !

— Ah oui, bon-jour ! Comment allez-vous ?

— Bien ! Enfin non, *mal* ! Mon avion part dans un quart d'heure, je me rends compte que j'ai les clefs de la maison de mon frère avec moi ! Hier, je pensais avoir le temps de vous les déposer et puis cela m'est sorti de l'esprit ! Si je vous les fais parvenir de Hong Kong par Fedex, ça ira ?

Et comment que ça ira ! Cette histoire de clefs donne à Nathalie une bonne semaine de répit. Et c'est tant mieux ! Elle n'arrivera pas à travailler correctement tant qu'elle ne se souviendra pas des circonstances dans lesquelles Gala et elle se sont rencontrées. Car, sur ce point, Nathalie n'a plus de doutes. Elle a déjà vu la jeune fille.

Depuis ce dîner chez les Puysere, Nathalie a un comportement de plus en plus étrange. Elle marche sur la pointe des pieds et se faufile partout derrière Patrice comme un chat. Que cherche-t-elle donc, à fouiner ainsi sans aborder clairement le sujet ? La preuve qu'il la trompe ? Si elle révélait sa liaison à Grégoire, ce serait dramatique. Patrice est à cran. D'autant que ce soir sa femme ne semble pas pressée de monter.

— Viens donc te coucher ! lui dit-il. Il est tard.

— Je dois parler à Grégoire…

— Qu'est-ce que tu veux lui dire ? Ça ne peut pas attendre demain ?

Il la rejoint sur le canapé et commence à caresser ses seins. Nathalie a un mouvement de surprise. La main de Patrice remonte le long de ses cuisses.

— Pas ici…, murmure-t-elle d'une voix cassée. Amélie pourrait nous voir…

— Alors viens ! chuchote son mari. Montons !

Plus tard, au milieu de la nuit, Patrice est réveillé par des éclats de voix. Le cœur battant, il se rue dans les escaliers. Amélie le suit.

— Tu étais encore avec cette fille ? hurle Nathalie en secouant Grégoire.

— Lâche-moi !

— Je t'ai posé une question !

— Putain ! De *qui* tu parles ?

La gifle est partie d'un seul coup. Grégoire est tellement choqué qu'il ne réagit pas.

— Cette fille est dangereuse !

Patrice est consterné.

— Va te coucher, dit-il doucement à Grégoire.

— Mais de *qui* tu parles ? *Qui* est dangereuse ?

— Cette fille que tu as ramassée je ne sais où !

— *Ramassée ?*

Grégoire est mortifié.

— Je t'en prie, monte dans ta chambre, répète Patrice d'une voix sourde. Il faut que je parle à ta mère.

Je ne sais pas ce que mon père avait à lui dire de si important, mais il n'en a pas eu l'occasion. Ma mère affirmait tellement de choses délirantes sur Gala que Grégoire lui a dit qu'elle était *malade et qu'elle devrait se faire soigner*. Et là, ma mère a carrément pété un câble.

— Ça *vous* arrange, toi et ton père, de dire que je suis folle, hein ?

Elle s'est mise à hurler en disant que cette fois elle ne se laisserait pas faire. Et puis elle a poussé mon père et a quitté la pièce en pleurant. C'était un cauchemar. On était effondrés. J'ai vraiment mal pour mon frère.

Il est à peine 8 heures lorsque le taxi dépose Grégoire chez les Puysere. Après la scène que lui a faite sa mère la nuit dernière, le jeune homme est bouleversé et n'envisage pas de rester à Bois-Joli. Marie-Laurence lui ouvre la porte en déshabillé de soie.

— Tu aurais mieux fait de passer la nuit chez nous ! dit-elle en souriant avant d'ajouter : Je ne vois d'ailleurs aucun inconvénient à ce que tu viennes habiter ici en attendant que vous emménagiez ensemble.

— Merci madame.

— Oh non ! Pas *madame* par pitié ! Ça me vieillit trop ! J'ai quel âge d'après toi ?

Sitôt que Grégoire pénètre dans la chambre de Gala, les monstruosités proférées par sa mère lui reviennent en plein visage. Le cœur serré, il s'assoit sur le bord du lit, dégage doucement les cheveux de la jeune fille endormie et dépose un baiser sur son cou. Il sent son parfum et son souffle léger. Il caresse amoureusement sa hanche et la cambrure de ses reins par-dessus le drap.

— Viens à côté de moi..., murmure-t-elle d'une voix ensommeillée.

— Ta mère m'a invité à venir habiter ici en attendant que l'appart soit prêt.

— Ah bon ?! Tu as dit quoi ?

— *Oui*, évidemment ! Il ne fallait pas ?

— Elle se mêle toujours de ce qui ne la regarde pas...

Gala se réveille tout à fait et sourit.

— ... Mais pour une fois elle a bien fait ! Comment ça se fait que tu sois venu si tôt ?

Jamais Grégoire ne pardonnera à sa mère. Sa colère est d'autant plus douloureuse qu'il ne peut en parler à Gala.

— Tu me manquais..., murmure-t-il, la gorge serrée. Je t'aime. Je t'aime tellement.

Nathalie n'a pas la force de se lever. Ses yeux sont gonflés des larmes qu'elle a versées la nuit. Elle regrette de s'être laissé emporter. C'est la première fois que ça lui arrive. Mais l'idée que Grégoire épouse cette fille lui donne la nausée. Le pire est qu'elle n'a aucune explication. Juste cette terrible intuition. Le regard de Gala la taraude. Et la glace d'effroi. Où donc avait-elle vu cette fille ? Et pourquoi lui fait-elle si peur ? La tristesse la submerge. Elle songe à trouver du réconfort auprès du père Gérard, puis se ravise. Qu'aurait-elle à confesser ? Un acte de pénitence n'a de sens que s'il s'accompagne de repentir. Or le cœur de Nathalie est au contraire empli d'une fureur qui ne cesse d'augmenter. Peut-être, plus tard, cherchera-t-elle le pardon du Seigneur. Mais pas maintenant. Pas encore. Aujourd'hui, elle doit trouver la force de résister. Elle veut se battre. Elle regarde la place vide dans le lit. Pourquoi imaginer que son mari lui voudrait du mal ? Il lui avait fait l'amour avec tant d'ardeur ! Elle pense à ce qu'elle s'est infligé l'autre nuit par la seule force de son désir charnel et rougit. « Père, Dieu de tendresse et de miséricorde, j'ai péché. Accueille mon repentir. Que ton Esprit me donne la force de vivre selon ton amour en imitant Celui qui est mort pour nos péchés, Ton Fils Jésus-Christ Notre Seigneur. »

Un peu rassérénée, elle pose un pied sur le plancher et prend appui sur la table de nuit. Elle s'agenouille devant la fenêtre, farfouille dans le bas des rideaux, puis fait glisser le double de la clef qu'elle avait pris la précaution de cacher dans l'ourlet. Son mari ne lui dictera pas sa loi !

Nathalie monte les quelques marches et pénètre dans la chambre bleue. C'est toujours là qu'elle se réfugie lorsque tout va mal. C'est le seul endroit qui l'apaise. Mais ça, Patrice ne le comprend pas. Quand Grégoire et Amélie étaient petits, il leur faisait croire à un cagibi dans lequel les toiles d'araignée retenaient les enfants prisonniers. *Pauvres amours !* Ils n'ont jamais osé y entrer. Nathalie s'assoit sur le fauteuil en osier et ferme les yeux. Des pleurs de bébé lui parviennent du berceau. Faibles d'abord, ils deviennent assourdissants. Nathalie avance sa main et, d'un geste familier, fait basculer la nacelle d'avant en arrière.

Il ne cesse de repasser la scène dans sa tête. Patrice ne comprend pas pourquoi Nathalie s'en est prise à Grégoire plutôt qu'à lui. Et avec autant de violence ! Il doit lui parler. Crever l'abcès. Avouer. Mais aussi négocier. Négocier le silence de sa femme contre le bonheur de leur fils. Après le mariage, il sera toujours temps de discuter. De prendre des décisions. De se séparer. Dans le pire des cas, de divorcer. Si elle le souhaite. Voilà ce qu'il va lui dire. Bien que divorcer soit de la folie ! La Bourse est au plus bas. Les gens font le gros dos. Ils laissent passer les crises. Les conjugales comme les bancaires. Qui souvent vont de pair !

Incapable d'attendre jusqu'au soir pour avoir une explication, Patrice quitte son cabinet. Il n'est pas 10 heures. Il gravit les marches du perron et fait claquer la porte d'entrée. Avec un peu de chance, Nathalie n'aura pas encore quitté la maison.

Il la surprend dans la chambre bleue. Ce serait malvenu de lui faire des reproches aujourd'hui.

— Lève-toi ! lui dit-il simplement.

Elle pose vers lui un visage craintif. Mais pour une fois, son mari semble calme.

— Il faut qu'on parle, Nathalie. Je suis venu pour ça.

— Je t'écoute… (Des larmes ruissellent le long de ses joues.)

— Pas ici. Pas dans cette chambre. Lève-toi et retournons dans la nôtre.

— Cela fait des années qu'on n'a quasiment plus de relations sexuelles…

Patrice ignore si c'est une bonne introduction mais il n'a rien trouvé de mieux. Culpabiliser pour déstabiliser. Nathalie se glisse sous les draps.

— Je ne voulais pas de ce dîner ! C'est toi qui as insisté. Je comprends que tu aies été choquée de rencontrer Marie-Laurence dans ce cadre et je te demande de m'excuser…

Nathalie se dit qu'elle a dû manquer un épisode. De quoi lui parle-t-il ?

— Mais Grégoire n'y est pour rien ! poursuit-il. Comment peux-tu croire… ? Ce serait au contraire terrible qu'il apprenne… que…

— Qu'il apprenne quoi… ?

Patrice se fige. Hésite.

— Cette Marie-Laurence t'a avoué que sa fille était dangereuse ? C'est ça ?

Elle ne sait rien ! Quel imbécile je suis ! J'ai failli tout foutre en l'air…

— Sa fille ?

— C'est le diable ! dit Nathalie en fondant en larmes. Elle va me prendre mon fils. Mon petit bébé…

L'angoisse étreint lentement Patrice. De terribles souvenirs refont surface. La bouche sèche, il demande avec une douceur particulière :

— Tu te souviens du docteur Pascal ? Qui t'avait soignée à l'époque de…

Nathalie hoche la tête, désemparée.

— Il était gentil, n'est-ce pas ? Tu veux bien le revoir encore une fois ?

— Je ne suis pas folle, Patrice… Quand je te dis que cette fille est dangereuse… Crois-moi. Je t'en supplie…

— Bien sûr que tu n'es pas folle, chérie. Tu es fatiguée, c'est tout. Allez ! Habille-toi… Que dirait Amélie si elle te trouvait comme ça ?

La Mini cabriolet est stationnée au deuxième sous-sol du parking de l'hôtel Pullman La Défense. Marie-Laurence tire nerveusement sur sa cigarette en soufflant la fumée sur le visage de son amant.

— Tu dois soutenir ton fils et lui montrer que tu es heureux de ce mariage !

— Tu sais bien que je ne le suis pas vraiment…

— Ça te donnerait bonne conscience qu'on se sépare ? demande-t-elle, agressive. (Son regard est effilé comme une pique prête à l'embrocher.)

— De toutes les façons, le mal est fait.

— Le mal ? Mais quel mal, *darling* !? s'indigne-t-elle.

— Ne complique pas. Tu as très bien compris.

— Ce qui complique, c'est ta bonne femme qui emmerde tout le monde !

— Arrêtons de parler d'elle, tu veux bien ?

Patrice regrette à présent de s'être en partie confié à Marie-Laurence.

— On y va ? murmure-t-il en faisant mine d'ouvrir la portière.

— On discute d'abord.

— Mais je te dis que Nathalie ne sait rien ! s'énerve Patrice.

— Pourquoi elle ne veut plus que ton fils épouse Gala, dans ce cas ?

— Je n'ai pas d'explication !

— Tu mens ! crie-t-elle. Dis-moi ce qu'elle lui reproche !

— Je ne sais pas…

— Je ne te crois pas mais écoute-moi bien ! poursuit-elle en prenant une grande inspiration.

— Je ne fais que ça…

— Si ce mariage est annulé…

— Eh bien ?

— Tu ne devras plus espérer me revoir.

— J'ignorais que tu attachais tant d'importance au bonheur de ta fille ! répond-il, ironique et amer.

— Maintenant tu le sais…

Patrice est excédé.

— Mais qu'attends-tu de moi au juste ?

— Que tu fasses interner ta bonne femme !

— Quoi ??

— Elle l'a bien été une fois, non ?

Quatrième Partie

Le docteur Pascal lit les pattes de mouche consignées sur sa fiche cartonnée.

— Votre dernière visite remonte à 1989. Je ne me trompe pas ? dit le médecin en remontant ses lunettes sur son front.

Le couple est tendu. Nathalie répond par un léger signe de tête. Patrice bouge nerveusement.

— Je vous avais effectivement mise sous lithium et vous étiez suivie à la clinique de Paris-Bois par le docteur Mabille. Qui du reste est à la retraite…

Le docteur Pascal regarde Nathalie et lui demande avec circonspection :

— Vous avez eu d'autres enfants depuis ?

— Une fille, dit Patrice. En 1992.

— Parfait. Et comment allez-vous aujourd'hui, madame Royer ?

— Très bien.

Mais son visage chiffonné ne trompe pas le médecin.

— Nathalie n'a jamais fait le deuil, commence prudemment Patrice. La chambre est restée telle quelle…

— Il m'empêche d'y aller et me cache les clefs !

— Parce que c'est mauvais pour toi, Nathalie !

— De quel droit décides-tu de ce qui est bon ou mauvais pour moi ?

— Pourquoi êtes-vous venue me voir, madame ? interrompt le médecin.

— C'est lui !…

— Il se trouve que notre fils a le projet de se marier. Mon épouse s'y oppose violemment et sans raison. Elle a chassé Grégoire de la maison et…

— Je ne l'ai pas chassé ! le coupe-t-elle. Il est parti.

— Depuis, elle ne dort plus, pleure continuellement, reste prostrée dans cette chambre fantôme… Son travail, je ne vous en parle même pas…

— C'est faux ! rugit Nathalie avant d'ajouter doucement : Mais c'est vrai que je suis inquiète, docteur. Cette jeune personne représente un danger pour mon fils…

— C'est insensé ! Gala est une fille épatante !

— Elle est *dangereuse…*, insiste Nathalie. Je ne peux pas encore l'expliquer mais il faut me croire.

Elle tord ses mains.

— Personne ne me croit ! Mais je trouverai des preuves…

— Très bien. Parfait, répond le médecin en prenant des notes.

— Vous en pensez quoi, docteur ? demande Patrice d'une voix crispée. Ma femme n'a-t-elle pas besoin de… repos ?

— Il y a un nouveau psychiatre, un certain Kretz, au centre hospitalier de Paris-Bois. Il pratique la thérapie par l'hypnose et je serais assez tenté de vous adresser à lui… Il parvient rapidement à de bons résultats… Le mariage de votre aîné a probablement ravivé le traumatisme…

— Il n'est pas question qu'on m'enferme à nouveau !

— Vous ne le serez pas, madame. Vous allez à l'hôpital pour une séance et vous rentrez chez vous. Le docteur Kretz déterminera le nombre de séances nécessaires et leur fréquence. Il a repris les dossiers de Mabille. Je lui transmets un compte rendu. Voici le numéro de son secrétariat... En attendant, dès ce soir, vous prendrez cet anxiolytique. Un milligramme par jour à prendre avant le coucher. On adaptera la posologie si nécessaire et on réduira progressivement. Je vous fais une ordonnance pour dix jours et on fait le point après.

— Il ne serait pas préférable de la faire hospitaliser, docteur ? insiste Patrice.

— Le moins possible ! sourit le médecin en serrant la main des époux Royer et en les raccompagnant à la porte de son cabinet.

Le Rohypnol a très rapidement un effet apaisant. Nathalie dort mieux, ses angoisses ont diminué et elle se sent capable de reprendre le travail. Avec Patrice, elle a décidé de se montrer conciliante. Il a insisté pour qu'elle maintienne son rendez-vous avec le remplaçant de Mabille et elle ne le contredira pas. C'est la seule façon d'endormir sa méfiance. Car si elle ne lui parle plus de Gala, elle est déterminée en revanche à trouver les preuves de ce qu'elle avance. Elle fouillera dans la vie de cette fille. Elle trouvera des choses sur son passé. Son plan est déjà tracé. Elle y a beaucoup réfléchi.

À l'agence, elle se débarrasse des tâches courantes accumulées les jours précédents. Elle ouvre son courrier. Passe des coups de fil. Organise son planning de visites. Elle est concentrée, efficace, elle a hâte de dégager du temps pour elle. À 13 heures, Nathalie verrouille la porte vitrée, enclenche son répondeur et s'enferme dans la minuscule pièce attenante qui lui sert de stock à fournitures. Là, elle se connecte sur Internet.

La plupart de ses amies de Bois-Joli n'utilisent jamais Facebook, qu'elles considèrent comme une nébuleuse réservée aux jeunes. Pour Nathalie, c'est tout le contraire. Elle avait ouvert un compte au moment du départ de Grégoire à New York, en se disant que ce serait peut-être le seul moyen d'avoir régulièrement de ses nouvelles. Mais très rapidement, elle avait tiré profit de Facebook et développé un réseau professionnel de façon spectaculaire.

En deux temps, trois mouvements, Nathalie s'infiltre dans un groupe scandinave. À l'origine de la pyramide, ce sympathique client, un ingénieur suédois à qui Nathalie avait trouvé une maison à proximité du lycée international de Ruelle-Pavée. Parmi les amis de Niels, il y a les enfants de Niels. Puis les amis des enfants qui vivent en grande majorité à Stockholm. Comme la plupart des jeunes, nombreux sont ceux qui n'ont pas sécurisé leurs pages et Nathalie passe un moment à examiner leurs photos. Kjerstin, Agneta, Britt sont ravissantes mais leurs visages sont trop juvéniles. Quel âge peuvent-elles avoir ? Quinze ans ? Nathalie passe ensuite en revue les amies de chacune. Soudain, dans la liste de Kjerstin, un visage émerge. Celui d'une jeune fille plus âgée, plus sérieuse aussi. Elle fait très étudiante de dernière année. En lettres ou en médecine. Ou peut-être est-elle déjà entrée dans la vie active. Ce doit être la sœur aînée de l'une d'elles. Les filles adorent avoir les grandes sœurs de leurs amies comme amies ! Celle-ci a un prénom à coucher dehors. *Ingegard !* Mais ce n'est pas très important. Bientôt, Ingegard sera rebaptisée Sophie ou Charlotte. Quels étaient les prénoms le plus couramment utilisés entre 1984 et 1988 ? Et à propos, en quelle année est née Gala ? Nathalie note ces deux questions sur un cahier et se concentre sur Ingegard. Elle fait un copier-coller de sa photo et l'enregistre dans *Mes images*. Puis elle va dans le profil d'Ingegard en croisant les doigts pour qu'il soit ouvert à *tout le monde*. Elle clique ensuite sur *Infos* puis sur les *Photos* d'Ingegard. Subjuguée, Nathalie sélectionne plusieurs photos puis effectue la même opération. Elle copie-colle puis enregistre dans *Mes images*.

Nathalie dispose maintenant du faciès d'une personne pleine d'énergie. À qui elle va façonner une autre vie. Bien sûr, ce qu'elle fait n'est pas très chrétien, Nathalie en a conscience. Mais ce n'est pas comme si elle la volait, cette vie. Elle ne fait que l'emprunter. D'ailleurs, elle n'agit pas dans le but d'accomplir le mal mais d'empêcher le mal. Tout ce qu'elle fait, c'est pour sauver Grégoire. Son fils chéri. Plus tard, il la remerciera.

Nathalie entre sur le site *prenoms.com* puis fait une requête pour 1984. Les prénoms féminins les plus fréquemment attribués cette année-là étaient Émilie, Aurélie, Céline, Élodie, Julie, Stéphanie, Lætitia, Marie, Audrey et Virginie. Nathalie réfléchit. *Marie* traverse les générations, mais c'est aussi celui qu'on oublie le moins. À l'inverse, Céline ou Stéphanie sont plus passe-partout. Parmi les plus en vogue se trouvaient Davida, Tiffany, Laurène, Pauline, Clara. Nathalie écarte d'emblée les trois premiers. Ainsi que le quatrième pour ne garder que Clara. La mode changeant par essence tous les ans, 1985 voit apparaître une flopée de Laura, Florie, Gwendoline, Cyrielle et Floriane. Laura ? Non. Trop joli. Jennifer pointe le bout de son nez en 1986, tandis que Melissa, Alicia, Manon et Anaïs prennent la pole position des prénoms tendance, avant de reculer en 1987 au profit d'Amanda, Christine, Kelly, Justine et Coline. Nathalie a l'impression d'être sur un champ de courses ! Quel va être le bon cheval, celui sur lequel elle va tout miser ? Elle fait patienter Céline, Stéphanie et Clara sur le paddock et se garde Jennifer comme outsider. Puis elle fait à nouveau défiler lentement toutes les photos d'Ingegard afin de voir quel prénom collerait le mieux à sa physionomie. C'est définitivement Stéphanie ! Il y a quelque chose de joyeux, de doux, de sensible dans ce prénom. On ne refuse pas une amie qui s'appelle *Stéphanie*.

Nathalie clique ensuite rageusement sur le visage de la petite amie de son fils. Mais la jeune fille a sécurisé sa page. Gala Mallet possède 508 amis. C'est la seule information que Nathalie a réussi à glaner et elle est intéressante. Car leur nombre est trop élevé pour qu'ils soient tous de *vrais* amis. Ce sera plus facile pour infiltrer discrètement son réseau ! se dit Nathalie.

Quand elle rouvre son agence en début d'après-midi, elle a l'impression d'avoir commis quelque chose de honteux. Elle reste immobile, indécise, sur le pas de la porte. Un rayon de soleil réchauffe sa peau. Elle se demande s'il ne serait pas plus raisonnable de tout stopper. Elle se sent si fragile et si fatiguée, parfois. Puis elle secoue la tête comme pour expulser les derniers doutes.

Le docteur Kretz est un bel homme d'une cinquantaine d'années, aux tempes grisonnantes et aux sourcils broussailleux. Assis dans un fauteuil en cuir noir, il écoute Nathalie Royer lui répéter qu'elle n'a aucunement besoin d'aide. Ses propos sont néanmoins un peu décousus et le médecin décèle une certaine nervosité dans ses gestes, notamment dans sa façon de bouger les bras et de faire glisser son alliance sur son index.

— Vous êtes donc venue dans la seule intention de faire plaisir à votre mari ? demande-t-il d'une voix qui incite à la confidence.

Un imperceptible haussement de sourcil.

— Oui. Absolument. Lui faire plaisir.

— Vous êtes une épouse conciliante…

Nathalie, silencieuse, porte machinalement sa médaille de la Sainte Vierge à la bouche.

— Le Rohypnol que vous a prescrit le docteur Pascal vous fait du bien ?

— Je ne veux plus d'histoires, docteur. J'ai déjà été internée. Il y a longtemps.

— Je sais par quoi vous êtes passée, madame Royer. Je suis là pour vous aider. Mais il faut que vous en ayez envie et que vous me fassiez confiance. Je ne peux rien faire pour vous si vous n'êtes pas consentante.

— Et en quoi des séances d'hypnose peuvent-elles m'aider ? murmure Nathalie.

En sortant de cet entretien, Nathalie s'est sentie rassérénée par une sorte de promesse que lui a faite implicitement le docteur et qui allait, elle l'espérait, sous-tendre les séances à venir. Le médecin avait en effet parlé d'un certain nombre de cas où les patients avaient retrouvé la mémoire d'événements passés traumatisants. Quel risque prenait-elle à tenter l'hypnose ? Si ces séances lui permettaient de se souvenir du contexte dans lequel elle avait rencontré Gala et donc d'étayer son discours par des preuves, alors Nathalie pourrait enfin convaincre Grégoire.

Le soir suivant, Nathalie poursuit ce qu'elle a entrepris à l'agence. Elle va sur le site Facebook, puis sur *Ouvrir un compte*, avant de se rendre compte qu'elle doit au préalable créer une adresse mail pour Stéphanie. Quel sera son nom de famille ? Stéphanie Millet. Non, Millet ressemble trop à Mallet. Nathalie réfléchit puis inscrit *Salernes.* C'est le nom de l'héroïne tragique d'un roman qu'elle avait aimé. Une histoire torride de crime et d'adultère. *La Femme éclaboussée*. Le personnage s'appelait Catherine Salernes. Nathalie commence à remplir les champs d'inscription. Prénom : Stéphanie. Nom de famille : Salernes. Adresse électronique : stephsalernes@yahoo.fr. Mot de passe : Grégoire. Sexe : féminin. Date de naissance : 11 août 1986. Elle clique ensuite sur *Accepter les conditions d'utilisation* puis sur *Inscription*. Le cœur de Nathalie se met à battre un peu plus fort lorsqu'elle insère la photo d'Ingegard dans le profil de Stéphanie. Elle contemple, silencieuse, le résultat. La réincarnation est en marche. Ingegard a commencé à se métamorphoser en Stéphanie. Grâce à cet avatar, Nathalie va enfin pouvoir arracher son fils des griffes du diable.

« L'affaire Madoff aux États-Unis devrait toucher les épargnants français. Après les banques, il s'agirait de particuliers fortunés qui avaient placé de l'argent dans des *hedge funds*, des fonds spéculatifs. L'ardoise devrait s'élever à 500 millions d'euros… Selon l'Autorité des marchés financiers, le grand public ne serait pas concerné… »

Mon père regarde la télé, affalé sur le canapé. Il fait la gueule, mais à mon avis, Madoff n'y est pour rien. C'est juste l'ambiance à la maison qui est pourrie. Rien que le dîner a été expédié en huit minutes chrono ! Mes parents me font penser à des belligérants qui auraient signé un cessez-le-feu. Je ne sais pas si c'est l'effet des antidépresseurs, mais ma mère n'est plus la même ! Elle s'adresse à mon père comme s'il était Dieu en personne, et lui, comme si elle était Bernadette Soubirous ! Je dois dire que ça donne des dialogues assez surréalistes ! La seule à peu près normale pour l'instant dans cette baraque, c'est moi ! Mais entre mon frère qui s'est cassé, ma mère qui a l'air d'avoir fumé la moquette et mon père qui est à l'ouest, je ne vais pas tarder à péter un câble. Pour vous donner une idée de l'ambiance, mon père ne quitte plus le canapé, qui est devenu son lit depuis que ma mère fait de l'insomnie, et ma daronne est perpétuellement en mode indisponible devant son ordi. (À propos de darons, j'ai appris par ma prof de français que Céline utilisait beaucoup ce terme dans *Mort à crédit*. Au moins, je saurai quoi répondre quand mes parents me feront des remarques désobligeantes sur mon vocabulaire !) Un exemple du total désintérêt de ma mère à mon égard : je lui ai dit tout à l'heure *Finalement, croire en Dieu ne rend pas meilleure*. Elle a même pas capté que je parlais d'elle. Elle m'a regardée comme si je m'exprimais en chinois et puis elle a continué de taper sur son clavier. Je suis dégoûtée !

Cela lui fait chaud au cœur de voir la photo de Stéphanie s'afficher sur Facebook. Elle est déjà comme son amie. Elle est sa création. Sa chose. Un peu comme dans les Sims, ce jeu dont ses enfants raffolaient lorsqu'ils étaient plus jeunes. Nathalie fera d'elle ce qu'elle voudra. Elle lui attribuera des codes et des réseaux sociaux, un *boyfriend* et de nouveaux amis. Elle lui fera jouer des rôles. Déjà, Nathalie lui a fait rejoindre les groupes *Se coucher dans son lit après une bonne soirée* (78 599 fans), *New York City* (418 910 fans), *BSG Bibliothèque Sainte-Geneviève* (569 fans), *Chocolat* (8 496 fans) et *Si toi aussi t'as jamais assez de fringues* (74 000 fans). Stéphanie est donc une jeune fille coquette, gourmande et qui aime faire la fête. Elle a vécu ou vit encore à New York mais fréquente ou a fréquenté aussi le quartier de la Sorbonne. Si Nathalie ne remplit pas le champ des *Études et diplômes*, c'est qu'elle trouve cela trop risqué. Elle passe cependant l'heure suivante à enrichir le profil de la jeune fille. Pour ses livres préférés, elle inscrit *Le Petit Prince* et tous les livres de *Mary Higgins Clark*. Ensuite, Nathalie efface et met à la place : *Impossible de tous les citer*. Elle agit de la même façon pour la musique et les films. Dans quelques jours, quand Stéphanie se sera fait ses propres amis, Nathalie s'inspirera de leurs goûts et de leurs profils. Pour *Situation amoureuse*, elle écrit *C'est compliqué*.

En se brossant les dents un peu plus tard dans la soirée, Nathalie se dit qu'elle pourrait aussi ajouter des pages consacrées à des séries comme *Desperate Housewives* ou *Dr House*. Toutes les jeunes femmes aiment ce genre de divertissements. Nathalie sourit à son reflet et passe dans la chambre à coucher. C'est fou ce qu'elle dort mieux depuis que Patrice a déserté la couche conjugale ! pense-t-elle en se glissant avec volupté sous les draps. Cela dit, le Rohypnol y est probablement pour quelque chose. À propos, l'a-t-elle pris ? Nathalie n'en est plus très sûre. Elle se lève, s'empare du petit flacon rangé dans sa trousse de toilette, fait glisser un cachet dans sa paume, puis un second, qu'elle avale sans se poser de questions. Elle repose ensuite le flacon sur l'étagère carrelée au-dessus du lavabo et retourne dans son lit.

Pour leur première séance, le docteur Kretz a proposé à Nathalie de travailler sur sa phobie. *Pourquoi la fiancée de votre fils déclenche-t-elle en vous une peur panique ?*

Il lui a demandé de se concentrer sur chaque partie de son corps. Les muscles de son visage, ses épaules, ses bras, ses mains, puis le bas du corps, à partir du bassin jusqu'aux orteils. Ses paupières sont devenues lourdes et elle s'est sentie très calme. Le médecin lui a ensuite posé quelques questions d'une voix douce et feutrée, auxquelles Nathalie pense avoir répondu. Puis il l'a enveloppée d'une épaisse couverture et des images étranges, comme ce vol de cigognes, ont commencé à défiler dans sa tête.

Pourtant Kretz n'a pas convaincu Nathalie. Pas le moindre petit souvenir n'a émergé de son inconscient. Cet homme vient s'ajouter à la liste des imposteurs qui encombrent les hôpitaux psychiatriques ! se dit-elle. Si elle veut trouver quelque chose dans le passé de Gala, Nathalie ne peut compter que sur elle-même !

À l'agence, Nathalie s'installe avec sa tasse de café devant son écran et commence à regarder les photos des 508 amis de Gala. Une petite poignée, peut-être quatre ou cinq, appartient à la Boston Graduate School of Psychoanalysis. Pour chacun, Nathalie clique sur *Ajouter comme ami.* Pour les autres, Nathalie coche de manière aléatoire en alternant les réseaux américains et français. Au total, 100 demandes d'amis ont été effectuées *via* le carnet d'adresses de Gala Mallet. Nathalie surfe ensuite sur les listes d'inconnus, jeunes garçons et jeunes filles, et effectue la même requête. Rapidement, près de 300 demandes supplémentaires sont ainsi formulées. Il n'y a plus qu'à attendre. Nathalie se déconnecte de sa session Facebook et ouvre son courrier.

Le soir même, Stéphanie compte déjà 190 amis, dont 38 proviennent du carnet de Gala. Sur un total de 508, c'est suffisant. Nathalie ne veut pas attirer l'attention pour l'instant. Elle s'emploie à commenter certains statuts d'un *J'aime*, puis analyse les profils des 38 amis que Gala et Stéphanie auront en commun dès qu'elles seront elles-mêmes amies. Les trois quarts sont des filles. Beaucoup habitent New York ou sont américaines. Certaines sont allées dans le même collège en Pennsylvanie. Sauf une, qui fait mention de la Pennsbury High School. Que peut bien vouloir dire ce *Seven Sisters* qu'elles ont toutes ajouté dans leur fiche ? Et Gala dans tout ça ? A-t-elle vraiment fait des études de psychologie ? Il est temps que Stéphanie Salernes rejoigne le rang des 508. D'une main tremblante, Nathalie fait sa requête. Une demi-heure plus tard, Gala accepte l'invitation. Elle est tombée dans le panneau, et même si Nathalie n'a jamais douté de l'efficacité de son piège, ce premier succès lui procure une incroyable satisfaction. Elle pénètre sur la page de Gala. Regarde les photos d'elle et Grégoire. Le cœur de Nathalie se serre. Elle avale en vitesse un Rohypnol et se faufile encore tout habillée sous les couvertures. Elle ne descendra pas dîner ce soir. De toute façon, depuis que son mari a dressé son camp dans le salon, Nathalie a fait remonter son ordinateur et passe le plus clair de son temps dans sa chambre. Le visage de Jean-Chris lui parvient dans une sorte de brouillard, tandis qu'une voix murmure à son oreille *Seven Sisters ! Seven Sisters !*

C'est fini. Mon frère ne viendra plus jamais à la maison. Il m'a appelée hier pour me dire qu'il emménageait ce week-end avec Gala dans leur nouvel appart. Il paraît que la mère Puysere va venir prendre ses affaires et que mon père est au courant. J'en veux au monde entier. J'aimerais tellement pouvoir rembobiner les événements ! Depuis que mes parents font chambre à part, j'ai la certitude qu'ils vont divorcer. Mon frère m'a invitée à prendre une coupe de champagne chez eux dimanche après-midi. J'ai dit *oui* histoire de ne pas couper les ponts. Mais j'appréhende de revoir Gala après ce qui s'est passé.

Parmi la vingtaine d'amies américaines que compte désormais Stéphanie Salernes, sept ont fait leurs études au Bryn Mawr College, près de Philadelphie. Les photos de Nam-Hau Kildare et de Joanna Taggard sont sans intérêt. L'album *Bryn Mawr Freshmen* de Chelsea McGee paraît beaucoup plus captivant. Sur l'une des photos, sous-titrée *Roommates*, on y voit Gala et deux autres filles qui sourient à l'objectif. Elles ont l'air d'être dans une chambre. Gala paraît très jeune. Elle a le visage plus rond et porte des lunettes. Plusieurs photos, sans autre commentaire que *Skinny-Dipping*, montrent des filles nues. Une dizaine d'entre elles rient et s'éclaboussent dans une fontaine. Nathalie a du mal à voir leurs visages. Ces photos la choquent, tout comme celles intitulées *Hell Week* et qui immortalisent probablement d'idiotes séances de bizutage. Mis à part *Roommates*, Gala n'apparaît sur aucune photo des sept étudiantes du Bryn Mawr

College. Nathalie entre ensuite les noms et prénoms de Gala, qu'elle croise avec ceux du département de psychologie auquel ont appartenu ces sept filles. Le nom de Gala n'y figure pas, pas plus qu'il n'apparaît dans l'annuaire de l'association des anciens élèves. Nathalie fait une dernière tentative sur le groupe Facebook du collège qui compte 2 705 fans. Sans succès. Reste cette photo mystérieuse sur laquelle Gala semble un peu en retrait. Qui se cache derrière cette fille ?

Samedi. Nathalie compose le numéro de Grégoire. Le double message français-anglais se déclenche. Nathalie éclate en sanglots. Son fils refuse de lui parler. Par la fenêtre de sa chambre, elle observe les allers-retours incessants entre la maison et le coffre du 4 × 4 de Marie-Laurence Mallet de Puysere. Son sbire sri-lankais, aidé de Manuela, descend les valises de Grégoire et des cartons de livres. Patrice est dans la cour intérieure. Nathalie n'entend pas ce que dit son mari mais ça doit être follement amusant car Mme Mallet de Puysere part dans de grands éclats de rire toutes les trente secondes. Parfois, elle lève la tête vers sa fenêtre. Patrice a dû dire qu'elle était recluse dans sa chambre et refusait d'en descendre. La réalité, c'est que Nathalie ne cesse de pleurer. Elle se contemple dans le miroir. Son rimmel a laissé de longues traînées noires sur ses joues creusées par la perte d'appétit. Nathalie avale un cachet de Rohypnol en buvant directement au robinet de sa salle de bains puis allume son ordinateur.

Elle est plutôt dépitée de n'avoir encore rien trouvé

de calomniant à dire sur Gala. Ses études américaines seraient plutôt un point positif. Mais Nathalie ne désespère pas et décide de remonter à la source. Elle revient en France et entre sur la page de Quentin Mallet de Puysere, le frère de Gala, que Stéphanie Salernes compte également parmi ses amis, et scrute chaque information. Quentin est né, tout comme ses enfants à elle, à la clinique des Aubépines ! Cela prouve bien, soit dit en passant, que les Puysere ont vécu à Bois-Joli car toutes les femmes d'ici accouchent dans cet ancien château réhabilité en maternité en 1922 par les sœurs de la Charité. Les familles y sont à ce point attachées qu'elles ont d'ailleurs créé l'AACA, l'Association des anciens de la clinique des Aubépines, qui compte autant de membres qu'il y a de natifs. Étrangement, Gala est la seule des enfants Puysere à ne pas figurer sur l'annuaire de l'association. Sa petite scolarité reste également un mystère puisqu'elle n'a pas été à l'école primaire de Bois-Joli comme Quentin, pas plus qu'elle n'a fréquenté l'école privée de Saint-Germain-en-Laye où Hubert et Géraldine ont fait leur scolarité. Nathalie piétine. Comment expliquer ces différences, voire ces blancs, dans le parcours éducatif de la jeune fille ? Nathalie a la certitude que Gala cache certaines choses. Reste à savoir lesquelles et pourquoi.

Ce n'est que plus tard dans la soirée que Nathalie se souvient des paroles de Grégoire. *En fait elle s'appelle Victoire !* avait-il dit. *Gala, c'est son deuxième prénom. Celui de sa grand-mère.* Les jeunes filles qui changent d'identité ne courent pas les rues, se dit Nathalie. Mais sa nouvelle requête est tout aussi infructueuse. Aucune trace de *Victoire* à la clinique des Aubépines ou à l'école Sainte-Marie. Nathalie est persuadée d'être dans le vrai : Gala n'est pas entrée par hasard dans la vie de son fils.

L'appart est top. On se serait cru dans un loft. On dirait qu'ils vivent là depuis des années ! À part les rideaux qui ne sont pas encore posés, au grand dam de Gala qui, paraît-il, est hypersensible à la lumière, il ne manque pas la moindre petite cuillère ! Cette fille a un côté princesse au petit pois qui charme beaucoup mon frère ! J'ai tout visité, même leurs placards. Gala m'a donné un pull grunge que j'adore ! Ensuite on a bu une coupe de champagne et on a parlé de maman. Je n'y tenais pas, mais Grégoire a abordé lui-même le sujet. Gala lui a conseillé de pardonner. *On n'a qu'une mère et elle est précieuse !* L'occasion était si belle que je n'ai pas pu m'empêcher de lui demander si elle s'entendait bien avec la sienne. Elle ne m'a pas répondu et s'est refermée comme une huître. En fait, je n'arrive pas à me faire une opinion claire sur cette fille. Elle est fuyante et son regard est étrange. En même temps, elle est plutôt sympathique. Si elle ne semblait pas aussi amoureuse de mon frère, je dirais moi aussi qu'elle joue un double jeu.

Kretz cherche à la faire revenir sur l'année 1989, alors que ce n'est pas du tout ce qu'elle voulait ! C'est ridicule ! Nathalie sait bien qu'on ne peut plus revenir en arrière ! La seule chose qui la préoccupe est de savoir où et quand elle a rencontré la fille Puysere !

Ce médecin est un abruti. C'est décidé, elle n'ira plus le voir !

Nathalie fait un geste de la main à l'attention du gardien tandis que la grille électrique du centre psychiatrique de Paris-Bois se referme derrière elle. Samedi dernier, elle n'a pas supporté de voir cette bonne femme arrogante venir chez elle en terrain conquis pour lui enlever les affaires de *son* fils. Quelle mère pourrait supporter cet affront, cette douleur ? Puisque Grégoire ne prend plus ses appels, elle va provoquer une rencontre et tenter une réconciliation. Voilà ce qu'elle a décidé lors de sa séance d'hypnothérapie.

Après avoir roulé sans encombre jusqu'au 11 rue de Turenne à Paris, Nathalie se gare et coupe son moteur. Il est près de 19 h 30. Elle contemple l'immeuble à l'architecture Grand Siècle. Sa façade est magnifique, avec son portail aux boiseries sculptées au sommet duquel deux Amours entrelacent un *A* et un *M*. À quel étage vit Grégoire ? Au premier, le plus majestueux ? Ou bien au dernier, sous les combles ? L'immeuble ne doit pas posséder d'ascenseur mais un somptueux escalier en fer forgé et un grand hall en pierre comme il y en a dans certains hôtels particuliers de Saint-Germain-en-Laye. Nathalie scrute chacune des fenêtres des quatre étages dans l'espoir d'apercevoir un signe de vie. En vain. Parfois, lorsqu'un piéton s'arrête ou ralentit sa marche devant la porte cochère, Nathalie imagine un voisin. Mais personne ne pénètre dans l'immeuble. Soudain, elle reconnaît son rire. Les battements de son cœur s'accélèrent. Grégoire est à quelques mètres. Elle le voit avancer dans son rétroviseur. Il frôle sa voiture et traverse. Gala et lui sont en grande conversation. Ils tiennent des sacs de supermarché dans leurs mains. Grégoire compose le code de l'immeuble, pousse la porte et laisse passer la jeune fille. Les yeux de Nathalie se brouillent de larmes. Elle remet sa clef dans le contact et manœuvre doucement sa voiture. Ce n'est pas aujourd'hui qu'elle pourra serrer son fils chéri dans ses bras.

Désormais, Nathalie s'est ménagé une plage horaire à l'agence. Elle ferme à 13 heures et poursuit ses investigations dans la pièce arrière. Au moins, ici, elle ne risque pas d'éveiller les soupçons de sa fille ou de son mari. Elle a remarqué que *Victoire* associé à *Mallet de Puysere* lui ouvrait davantage de voies sur le sol américain que dans l'hexagone. Nathalie ne néglige rien. Elle explore chaque piste avec patience et pugnacité. Mais cependant, même mises bout à bout, les informations qu'elle récolte ne sont guère exploitables. Que pouvait-elle déduire par exemple du fait que Gala avait appartenu à des associations étudiantes telles que *Street Outreach*, *JSU* ou *Adopt-A-Grandparent* ? Et que dire de cette photo sur laquelle Gala apparaît égarée au milieu d'un groupe de filles de seize ans ? Pourquoi ses parents l'avaient-ils envoyée si tôt, à peine adolescente, dans une école américaine ? Sur les photos d'enfance que Quentin a publiées sur Facebook, la fillette apparaît parfois, mais à l'écart des autres, et affiche déjà cette expression sombre et énigmatique qui inquiète tant Nathalie. À Bryn Mawr, Gala avait choisi comme sujet de thèse *Abandon-Adoption. Origines et Maternité*. Là encore, quel sens fallait-il donner à ce choix ? Plus Nathalie creuse le passé de Gala et plus elle est perplexe.

Mais alors que l'après-midi est déjà avancé, le prénom *Victoire* devient un sésame. Les informations sur le passé de Gala s'emboîtent soudain comme une infinité de poupées russes. Nathalie ne néglige rien. Le moindre indice dégage une nouvelle perspective. Plus Nathalie explore de nouvelles pistes et plus elle se sent pousser des ailes. Jamais elle n'a été aussi perspicace, efficace, créative. Elle ose tout. Même déverrouiller certains systèmes de sécurité. Une fée s'est penchée sur son clavier. La rage, la peur, la haine, un étrange désir de vengeance, toutes ses émotions entremêlées décuplent sa force et son intelligence. Nathalie est en transe, exaltée. Les fichiers du centre psychocomportemental de Lausanne, et ceux du pensionnat pour jeunes filles de Nyon n'ont plus de secret pour elle. Il suffisait que Nathalie fouille à l'Est plutôt que dans la grande Amérique ! Dans ce petit pays trop neutre qu'est la Suisse, les pages Web ont vomi leurs renseignements, comme si elles avaient été trop longtemps contraintes au silence et à la discrétion.

Le jackpot était apparu lorsque la toile avait charrié son lot de photos. Victoire chez les timbrés. Victoire au pensionnat. Victoire en pédalo avec papa sur le lac Léman. Un peu comme les *Martine* qui faisaient jadis la joie de Nathalie.

À présent qu'elle possède toutes ces images, il lui suffit d'en écrire les légendes ! En mettant bout à bout les informations qu'elle a récoltées, Nathalie fera dérouler *la* vraie histoire de Gala et rédigera une véritable enquête de personnalité. À la manière de celles de Biron, ce président de la Cour d'assises qui la fascinait tant, à l'époque où elle effectuait son stage de fin d'année.

Alors qu'elle récupère les documents dans le panier de son imprimante, Nathalie est prise d'un brusque vertige. Elle s'agrippe au fauteuil. Sa bouche est sèche. Elle a des palpitations. Elle prend dans son sac le tube de Rohypnol qu'elle avait subtilisé la dernière fois dans la vitrine du docteur Kretz et avale un cachet, puis un second, en buvant au goulot de sa bouteille d'Évian.

Je suis sonnée par ce que je viens de découvrir. C'est comme si un inconnu m'annonçait froidement que je n'étais pas la fille de Patrice et Nathalie Royer. Tout un pan de ma vie vient de s'écrouler. Je suis incapable de gérer. Je tremble, je suis glacée et j'ai envie de vomir.

J'avais toujours trouvé mes parents insignifiants, mais j'ignorais que leur médiocrité dissimulait un secret. Pourtant, j'aurais dû m'en douter. Les gens qui se préoccupent toujours du qu'en-dira-t-on sont les plus suspects. Ce que je trouve dégueulasse, c'est que ça tombe sur moi ! Comme si la vie n'était déjà pas assez difficile en ce moment ! C'est arrivé ce matin. Je commençais plus tard parce que mon prof d'histoire était absent. Ça, ma mère l'ignorait et à mon avis elle me croyait au lycée lorsqu'elle a quitté la maison. Ou alors elle ne croyait rien du tout, vu le peu d'importance qu'elle accorde désormais à mon existence ! Bref. J'allais sortir lorsque j'ai remarqué la porte du cagibi entrouverte. C'était tellement inhabituel que j'ai monté les trois marches, emplie de curiosité. J'avais l'impression savoureuse de braver l'interdit. Quand j'étais petite, papa me disait toujours qu'il y avait là-dedans un tas de bêtes monstrueuses. Alors ce matin, je crois que je voulais simplement me prouver que j'étais capable d'affronter les démons de mon enfance. Je m'attendais à trouver un réduit de deux mètres carrés, plein de balais de sorcière, de cire d'abeille et de toiles d'araignée. Mais en poussant davantage, je me suis rendu compte que l'espace derrière était grand et lumineux.

Ce que j'y ai vu m'a tuée. Je ne comprends pas comment j'ai fait pour passer à côté de cette pièce pendant toutes ces années. Je crois que je ne m'en remettrai jamais. Mes parents sont des monstres. D'ailleurs ce ne sont plus mes parents.

Nathalie repense au président Biron. Ce juge des assises savait brosser un tableau si humain d'un criminel qu'il faisait oublier le violeur, l'assassin, l'escroc qui se tenait dans le box des accusés. Il ressuscitait l'enfant, l'adolescent en manque d'amour, le laissé-pour-compte de la société et, par la seule force de son portrait, les jurés prenaient conscience de leur responsabilité et du fait qu'ils allaient d'abord juger un homme. Nathalie fera comme lui. Elle endossera l'habit de la justice. Mais à la différence de ce qui se passe dans les coulisses des assises, elle n'est mandatée par personne et mènera l'instruction seule. Contrairement à un officier de police judiciaire, elle ne convoquera aucun expert. Elle ne sollicitera pas les témoignages des assistantes maternelles, des éducateurs, des psychologues ou de la directrice du pensionnat. De tous ceux qui ont un jour croisé le chemin de la petite Gala. Car Nathalie a les convictions d'un avocat de l'accusation.

Pendant deux jours, elle s'enferme dans sa chambre et travaille sans relâche à une plaidoirie à charge. Pour tenir, elle use de Rohypnol en dépit du bon sens et alterne la prise d'antidépresseurs avec de la mélatonine commandée il y a longtemps sur Internet et qui la tient éveillée.

Le 23 janvier 1986, par une journée d'hiver particulièrement froide, Marie-Laurence Mallet de Puysere donne naissance à la petite Victoire, Marie, Alexandrine. La venue d'une fille dans le foyer est accueillie dans la joie. Contrairement à son aîné Quentin, pour qui Marie-Laurence avait accouché à la clinique des Aubépines, la jeune femme rompt avec la tradition familiale des Mallet de Puysere natifs de Bois-Joli. Les Puysere viennent en effet d'acquérir un manoir situé à deux kilomètres de Saint-Germain-en-Laye et Marie-Laurence juge préférable d'être suivie à proximité de son nouveau domicile. En réalité, leur demeure nécessitera de gros travaux de rénovation soumis à l'approbation de l'architecte des Bâtiments de France, homme tatillon qui refusera plusieurs projets, et il faudra attendre la fin de l'année 1989 pour que les Puysere s'y installent avec leurs deux enfants et le petit Hubert qui vient tout juste de naître.

C'est à cette période que Victoire, alors âgée de trois ans, apparaît sur les photos de famille aux côtés de ses frères. Mais elle se tient toujours à l'écart et, malgré l'amour dont elle est entourée, la fillette affiche en permanence une mine renfrognée et boudeuse. Son tempérament difficile affecte beaucoup Marie-Laurence. La jeune femme, qui jadis irradiait le bonheur, a perdu tout son éclat. Sur les photos, elle apparaît les traits tirés et durcis, comme si cette mère dévouée souffrait en secret du peu d'affection que lui témoigne sa fille. Sa petite Victoire n'est pas comme les autres. Son humeur toujours sombre et ses fréquentes colères l'inquiètent. Pire, sa maigreur lui fait craindre un début d'anorexie. L'entrée de la fillette à l'école primaire est un désastre. Victoire se montre très peu sociable et certains parents commencent à se plaindre de son attitude agressive. Les Puysere sont convoqués par la directrice de l'école. C'est à ce moment-là qu'est évoquée pour la première fois la possibilité de troubles de la personnalité. Sous le choc, Marie-Laurence et Charles-André consultent les plus grands pédopsychiatres et font hospitaliser leur fille dans une clinique en Suisse.

Située à Lausanne, la Maison du Petit Poucet est spécialisée dans le diagnostic et le traitement précoce des affections psychiques de l'enfant. Pour les médecins de cet établissement, si certaines manifestations comportementales n'évoquent pas nécessairement une maladie, elles témoignent cependant d'une grande souffrance psychique. La détresse d'un enfant peut être le premier signe d'un trouble dont on ne connaît ni l'intensité ni l'évolution et peut se traduire par des symptômes variés d'ordre cognitif ou sociocomportemental. Or les résultats scolaires de Victoire sont de plus en plus médiocres et son indifférence à l'autre, y compris sa propre fratrie, inquiète son entourage. Le suivi psychologique que La Maison du Petit Poucet prodigue à ses jeunes patients permet d'aider la fillette à trouver ses repères. Victoire alterne thérapie individuelle et thérapie de groupe et bénéficie également d'un nouveau programme d'art-thérapie, notamment par le biais du théâtre, de l'expression corporelle et des arts plastiques.

Les week-ends, Victoire les passe en compagnie de son père, qui la rejoint tous les samedis matin. Ensemble, ils font du pédalo sur les rives du lac Léman et déjeunent dans les restaurants gastronomiques de la région avant de regagner le Lodge Hôtel en début de soirée. Marie-Laurence, qui ne veut pas sacrifier l'équilibre de ses fils, et ce d'autant moins qu'elle attend son quatrième enfant, préfère ne pas accompagner son mari, au risque de distendre les liens déjà fragiles entre sa fille et elle. Mais les photos de Charles-André lui permettent de suivre les constants progrès de Victoire, et Marie-Laurence reconnaît de bonne grâce que l'éloignement familial lui est tout à fait bénéfique. Forts de cette constatation, les Puysere décident d'ailleurs que la fillette, au terme de ses trois mois d'hospitalisation, ne retournera pas vivre au manoir. Agissant dans l'intérêt de leur fille chérie, ils acceptent une nouvelle séparation et se résignent à l'inscrire au pensionnat Sainte-Marie-des-Bois, une institution religieuse pour jeunes filles de bonne famille, située en Suisse toujours, non loin de la petite ville de Nyon. Soucieux de donner une éducation parfaite à Victoire et de compenser les piètres résultats des premières années de sa scolarité, Marie-Laurence et Charles-André pensent que les effectifs réduits, dix élèves par classe, permettront un suivi et un enseignement de qualité. Outre l'enseignement scolaire classique qui y est dispensé, on inculque aux fillettes de Sainte-Marie-des-Bois les règles de vie et d'honneur ainsi qu'un enseignement domestique. L'anglais est également plus développé que dans la plupart des autres institutions religieuses et certains cours sont dispensés dans la langue de Shakespeare afin de préparer les enfants à entrer dans les meilleurs collèges britanniques ou américains. L'école est située dans un parc naturel de plusieurs hectares, le Bois des petits chênes, et la tranquillité des lieux se prête autant à l'étude et la concentration qu'à la prière et la détente. L'internat est à la fois convivial et strict. Les enseignants vivent dans une maison au fond du parc, ce qui permet un dialogue quasi permanent entre les élèves et le corps professoral. Celui-ci accorde une place importante à l'apprentissage de la bonne conduite et au respect d'autrui, au goût du travail bien fait ainsi qu'au sens de l'honneur et de la discipline. Toutes choses qui seront profitables à Victoire et finiront, espèrent ses parents, par faire plier son caractère rebelle.

Régulièrement, Victoire quitte l'uniforme bleu du pensionnat pour rejoindre la France et passer ses vacances dans le chalet familial de Megève, situé au mont d'Arbois. C'est là que la fillette apprend à mieux connaître ses frères et surtout sa petite sœur, Géraldine, née pendant son absence en 1992. La cohabitation avec sa mère se passe bien désormais et la jeune fille, devenue une belle adolescente, exprime auprès de son père le souhait de poursuivre ses études aux États-Unis sitôt le bac en poche. Encouragée par Marie-Laurence, Victoire a dix-sept ans à peine lorsqu'elle est envoyée à la Pennsbury High School, un collège situé à proximité de Philadelphie, en Pennsylvanie.

Deux ans plus tard, Victoire Mallet de Puysere est reçue au prestigieux Bryn Mawr College, l'un des établissements appartenant à la confrérie des Seven Sisters et qui regroupe les sept meilleures universités américaines pour femmes et dirigées par des femmes. Ses colocataires s'appellent Nam-Hau Kildare, Joanna Taggard et Chelsea McGee.

Les quatre jeunes filles suivent le programme du département de psychologie clinique et Victoire choisit comme sujet de thèse de troisième année Abandon-Adoption. Origines et Maternité. *Elle est suivie dans sa recherche par le professeur Miranda Scott, coauteur avec le docteur Anna Weissman de* The Outcome of Early Childhood Behavior Problems.

L'enseignement de Sainte-Marie-des-Bois a développé certainement son sens altruiste et c'est dans la pure tradition de l'église que Victoire rejoint des associations charitables, telles que Street Outreach, une association qui vient en aide aux sans-logis. Elle y dispense bénévolement des conseils, assiste les SDF dans leurs démarches, collecte des vêtements et de la nourriture tout en sensibilisant les quartiers riches à ce problème sociétal et en essayant de trouver avec eux des solutions.

Mais la situation des personnes âgées et souvent isolées intéresse aussi la jeune fille qui rejoint l'organisation caritative Adopt-A-Grandparent. *Le but de cette association est d'enrichir la vie des étudiantes de Bryn Mawr en égayant celle des résidents des maisons de retraite alentour. Chaque semaine, les réunions organisées entre les deux communautés favorisent l'échange intergénérationnel et rompent la solitude des personnes âgées en les stimulant au contact de la jeunesse.*

Plus étonnant cependant est l'appartenance de Victoire Mallet de Puysere au Jewish Student Union, l'association des étudiantes juives des collèges Haver-

ford et Bryn Mawr. Celle-ci donne aux étudiants de confession israélite mais également à tous les autres, s'ils le souhaitent, l'opportunité d'assister aux offices de shabbat et de suivre les règles d'observance des fêtes religieuses. Victoire est la seule non-Juive à adhérer au JSU.

À l'issue de ses trois années d'études et pour valider son diplôme, Victoire doit effectuer un stage d'un an dans une clinique psychiatrique. La jeune fille quitte alors la région de Philadelphie pour New York. Mais contrairement à ses camarades de promotion, il semblerait que Victoire n'ait jamais effectué ce stage ni complété son CDPP program.

Tandis que son père subvient généreusement à ses besoins, Victoire arrondit ses fins de mois en petits boulots. Elle ne semble aucunement pressée de rentrer en France pour rejoindre sa famille et exprime alors officiellement le souhait de changer de prénom. Sa requête sera déposée en 2007 par maître Lucet auprès du juge aux affaires familiales de Saint-Germain-en-Laye. À ce jour, l'avis du procureur de la République n'ayant pas été rendu, Victoire Mallet de Puysere ne s'appelle pas Gala et usurpe donc son identité.

Ainsi, derrière l'apparence d'une jeune fille brillante et studieuse, des zones d'ombre demeurent. Pourquoi Victoire n'éprouve-t-elle pas, à l'issue de ses études, le désir de rentrer en France ? Et pourquoi n'a-t-elle pas reçu la même éducation que ses frères ou sa sœur ? Son court séjour à la Maison du Petit Poucet a-t-il été suffisant pour enrayer définitivement sa pathologie ou la jeune fille cache-t-elle une bipolarité qui risquerait de menacer la sécurité de ceux qui lui sont proches ?

Pourquoi Victoire n'a-t-elle jamais effectué son stage clinique ? Une jeune fille qui a abandonné sa mère est-elle capable d'aimer ? Ne peut-elle représenter un danger, non seulement pour elle-même mais pour les autres ?

En proie à des désirs morbides, la jeune fille passe le plus clair de son temps au Mount Sinai Hospital. Ce matin du 5 juillet 2008, elle pénètre dans l'unité de soins intensifs dans laquelle a été transporté Grégoire Royer. Séduite par le physique du jeune étudiant français, elle profite de la gravité de son état et de sa faiblesse psychologique pour faire croire au garçon qu'ils se sont rencontrés la veille, lors d'une fête au cours de laquelle ils sont tombés amoureux. Naïf, le jeune homme adhère à cette idée romantique d'un coup de foudre à New York et quitte son appartement pour vivre avec cette jeune fille dont il ne sait rien. Il ignore bien évidemment qu'elle a été hospitalisée de longs mois dans un centre psychiatrique pour adolescents et écartée ensuite de sa famille par des parents qui craignaient qu'elle nuise à l'équilibre de ses frères et de sa sœur.

Fragilisé par l'annonce du krach boursier, Grégoire demande la jeune fille en mariage et rentre à Paris avec elle.

Recroquevillée dans son lit, Nathalie tient dans sa main les feuillets raturés auxquels elle vient d'apporter les dernières corrections. Pâle, les yeux cernés, elle pleure. L'acharnement qu'elle a mis à écrire ces six pages va être récompensé. En voyant toutes ces zones d'ombre, Grégoire commencera à se poser de sérieuses questions sur sa fiancée. *Mon ange ! Mon bébé !* sourit-elle à travers ses larmes. *Tu me remercieras plus tard.*

Elle se saisit de la première robe venue et passe à la salle de bains. Même si son enquête n'est pas totalement terminée, Nathalie doit au moins visiter la maison des Kerviller avant le retour de sa cliente. Ce sera toujours moins pénible que de rédiger cette série de contrats pour ces expatriés japonais !

Une heure plus tard, extrêmement affaiblie, Nathalie monte dans sa voiture et quitte la maison.

C'est à cet instant précis que le docteur Kretz appelle Patrice Royer pour l'informer que sa femme n'a pas assisté aux deux dernières séances d'hypnothérapie.

— J'ignorais que… qu'elle… elle ne m'a rien dit, bafouille l'avocat.

— Ce n'est pas ce qui m'inquiète le plus. Il se trouve que votre épouse a subtilisé dans mon cabinet une boîte entière de somnifères.

Kretz marque un temps d'arrêt afin que l'information soit correctement assimilée.

— Or le Rohypnol est un puissant hypnotique qui fait partie de la famille des benzodiazépines…

Le rythme cardiaque de Patrice s'emballe.

— … Ses effets sont similaires au diazépam, c'est-à-dire au Valium, mais en dix fois plus forts. En accord avec le docteur Pascal, j'étais au contraire en train de réduire *progressivement* la posologie afin d'éviter un sevrage trop brutal. Ma crainte est que Mme Royer ne fasse depuis déjà plusieurs jours une consommation tout à fait excessive de Rohypnol. Or le risque augmente proportionnellement à la dose.

— Et le risque est ? demande Patrice d'une voix tendue.

— Mis à part une dépendance physique et psychique sévère, on note une modification de la conscience et des troubles divers du comportement. Excitation, sensations ébrieuses, céphalées, ataxie, confusion. Délire. Ceci peut aboutir à une forte agressivité. Y compris envers le patient lui-même.

Patrice sent l'angoisse l'étreindre. Il raccroche et appelle son domicile. Nathalie a quitté la maison et ses téléphones sont sur messagerie. Patrice n'ose pas appeler la gendarmerie. Qu'est-ce qu'il leur dirait ? Que sa femme a enfin décidé de quitter sa chambre ? À la fois furieux et culpabilisé, Patrice ouvre la porte de la salle d'attente et fait entrer son rendez-vous de 10 heures.

La maison des Kerviller se trouve à la sortie du joli village médiéval de Sainte-Foy-les-Prés. La grille en fer forgé n'a pas dû être actionnée depuis un moment car Nathalie peine à tourner la clef dans la serrure. Elle traverse le petit jardin envahi de mauvaises herbes, monte les marches en pierre du perron à double rampe et pénètre dans cette maison de maître du XIXe siècle. À l'intérieur, la fraîcheur distille une odeur de renfermé qui évoque celle que dégagent les cèpes après la cueillette d'automne. Senteur de sous-bois, à la fois vieillotte et rassurante. Nathalie traverse le couloir qui sépare le salon de la salle à manger et s'arrête au pied de l'escalier. Elle revient sur ses pas, attirée par la lumière bleutée, douce, qui filtre par les persiennes. Elle hésite, s'installe en chien de fusil sur le canapé et s'endort.

Quand elle se réveille de sa torpeur, il est 14 heures. Nathalie pose un regard fatigué sur les objets qui l'entourent, évaluant dans la pénombre le style de la maison. Cette décoration conviendrait bien à des Anglais, se dit-elle. Moins sûr pour des Américains, à moins qu'ils ne soient adeptes du Vaucluse ! Il y a un je-ne-sais-quoi de bohème dans l'atmosphère qui plaît à Nathalie. C'est tellement différent de ce qu'elle propose habituellement ! Mais pourquoi pas ? Il faudrait d'abord mettre de l'ordre. Enlever les livres. Dépersonnaliser. Retirer ces cadres à photo qui trônent un peu partout sur le manteau de cheminée, dans la bibliothèque, sur les guéridons et le piano à queue. Nathalie se lève pour éclairer la pièce. Ces frimousses poupines et souriantes d'enfants la mettent mal à l'aise. La gorge serrée, Nathalie tente de détourner son attention. Son regard s'immobilise sur un classeur à la reliure vénitienne, placé de guingois sur l'étagère. Il y est inscrit sur sa tranche, à l'encre violette, 1989. Les quatre chiffres dansent devant ses yeux. On ne la laissera donc jamais en paix ?

Comme toutes les photos se ressemblent au fond ! se dit-elle en feuilletant l'album. Et comme celles-ci déclenchent en elle une impression de déjà-vu ! Des adultes souriants précèdent des groupes d'enfants déguisés. Aux visages grimés. Certains portent des chapeaux pointus ou des masques à l'effigie des personnages de Walt Disney. D'autres sont en maillot de bain. Des petites filles exhibent fièrement leurs robes de princesse et leurs diadèmes… Nathalie pousse un cri étouffé et une douleur fulgurante lui transperce le ventre. Elle chasse du revers de la main les larmes épaisses qui lui brouillent la vue et un voile se déchire. Soudain, tous les souvenirs jusque-là contenus, refoulés, de ce funeste après-midi du 15 septembre 1989 refont surface. *Mon amour ! Mon tout-petit !* murmure-t-elle tandis qu'une boule brûlante, amère remonte à sa gorge jusqu'à lui donner la nausée.

1989

La rentrée scolaire a démarré sous un soleil éclatant. Pour ces trentenaires pleins d'allant, la fin des grandes vacances signifie la reprise des festivités. Les parents de la maternelle de Bois-Joli n'ont jamais dérogé à cette coutume. Certains d'entre eux s'étaient connus au lycée, perdus de vue, puis retrouvés grâce aux enfants. Ce samedi 15 septembre, ils poussent les mêmes petits glapissements de délectation et de surprise que leur progéniture. Certains ont à peine vingt-cinq ans. D'autres ont franchi le cap des trente ans. Tous sont confiants en l'avenir. Ils croient au couple, comme ils croient en Dieu, et bien que n'adorant que Lui, ils se sont juré fidélité et assistance avec conviction. Effet des années Mitterrand grâce auxquelles les riches ont accru leurs richesses et les pauvres se sont nourris d'idéaux, ces jeunes et prometteurs Bois-Joliens ont démarré leur vie professionnelle dans un contexte socio-économique favorable. La première crise du pétrole de 1974 est derrière eux, celle de 1991 simplement inimaginable.

Les parents qui ont organisé le pique-nique géant de

cette rentrée possèdent une belle et grande propriété dans le triangle d'or de Bois-Joli. Nathalie connaît ses hôtes de vue sans pour autant les fréquenter, mais il est de tradition de convier tous les parents d'élèves. Le directeur de l'école fait partie de la fête, ainsi que les institutrices. Nathalie regarde avec fierté son mari qui, tout à l'heure, s'est proposé de la décharger de la surveillance de Grégoire. Elle est sur un nuage. Regardez ! a-t-elle envie de dire à la cantonade. C'est maître Royer, mon mari, avec notre fils ! Nathalie sent l'air chaud s'engouffrer sous sa jupe et caresser ses jambes. Hier, Patrice et elle ont fait l'amour. Elle avait peur d'avoir mal. Et puis non. Tout s'est bien passé.

Les mamans ont confectionné entrées, salades, gâteaux et desserts de toutes sortes, laissant le soin à leur mari de se charger des vins et des sodas. Nathalie a déposé sa quiche encore fumante sur la nappe blanche puis s'est servi un verre de jus d'orange. Nathalie aimerait faire le tour du parc. Depuis quelque temps, elle s'est trouvé un nouveau dada. Le jardinage. Elle commence à s'y connaître, en fleurs.

Leurs hôtes ont engagé des animateurs. Ce sont des jeunes de la paroisse qui maquillent, déguisent et surveillent les bambins ! Tout le monde prend des photos. Nathalie regrette d'avoir oublié son appareil à la maison. La chaleur commence à se faire sentir. Pourvu que l'orage ne vienne pas tout gâcher ! se dit-elle en regardant le ciel avec inquiétude. La jeune femme est un peu fatiguée. Elle aimerait trouver un coin tranquille, à l'écart du buffet et du bruit. Le visage irradiant le bonheur, elle s'éloigne de la foule.

Par les fenêtres grandes ouvertes, les enceintes poussées au maximum diffusent *La Lambada*. Les rires fusent. Le tintement des verres, ponctué par les cris de joie des enfants, rythme joyeusement le brouhaha ambiant. Le son de la musique couvre les premiers coups de tonnerre.

— La mort de Simenon est un beau coup pour son éditeur ! J'ai entendu dire qu'ils allaient ressortir l'œuvre complète en deux tomes…

— EMI et Deutsche Grammophon ne seront pas en reste avec Karajan ! Vous avez été à La Baule cet été ?

— Comme d'habitude !… répond l'homme en polo Lacoste en interceptant Patrice.

— Salut Royer ! On ne dit plus bonjour aux vieux amis ?

— Tiens donc ! Comment va ?

— C'est à toi qu'il faut demander ça ! C'est pour quand ?

— Mardi officiellement ! sourit Patrice tout en cherchant Grégoire du regard.

— Bon-jour Pat ! roucoule une voix enjouée derrière lui. Je ne trouve pas ta femme, mais dis-lui que si vous avez besoin de quelqu'un pour garder votre fils dans les jours à venir…

— Merci, c'est adorable mais tu connais Nathalie ! Elle s'est déjà organisée avec sa mère.

Nathalie marche à présent à l'arrière de la maison, à la recherche d'un coin d'ombre, et d'un peu de calme. À mesure qu'elle s'éloigne, la musique s'estompe et laisse place au pépiement des oiseaux. La propriété des gens qui les reçoivent est majestueuse et le parc fait plusieurs hectares. Patrice et elle devront rendre l'invitation et prendre leur tour sur la liste des parents. Au printemps prochain. Quand leur jardin sera en fleurs.

Les premiers éclairs la surprennent aux abords de la piscine. N'ayant plus le temps de regagner la maison avant que l'orage n'éclate, Nathalie court s'abriter dans le pool house. La pièce est sombre et la vision de Nathalie tarde à s'adapter à l'obscurité. Soudain, entre deux nouveaux éclairs, elle aperçoit une ombre en mouvement. Son cœur se met à battre la chamade. Une main glacée frôle sa nuque. Nathalie pousse un cri. Une décharge d'adrénaline la paralyse. Un nouvel éclair lui dévoile le visage d'une femme au regard étrangement vide. Terrorisée, Nathalie veut sortir mais la créature agrippe son bras et la retient prisonnière. Les traits tordus par un rictus, elle fait jaillir de sa bouche une langue bleuâtre, énorme. Nathalie hurle. *Au secours !* Au loin, le *Megamix* de Boney M. est porté par le vent. Personne ne peut l'entendre. Elle essaie de se dégager de l'emprise de la femme lorsque, à travers ses larmes, elle entrevoit l'éclat brillant d'une lame. *Noon !* Une douleur aiguë lui transperce le ventre. *Mon bébé...* Un liquide chaud se répand sur elle. Des milliers d'aiguilles acérées labourent sa chair. Nathalie s'écroule sur le sol tandis que, dans un geignement de bête blessée, le corps de l'autre femme est secoué de spasmes.

Cinquième Partie

Nathalie ne sait pas comment elle a fait pour quitter la maison de Sainte-Foy-les-Près ni quel chemin elle a emprunté pour rentrer chez elle. Des flashs de cette terrible journée du 15 septembre 1989 défilent en boucle dans sa tête. Comment a-t-elle pu oublier ce visage et surtout ce regard ? Elle pleure et cela la soulage. Comme si ses larmes, exsudant de son cœur, libéraient sa poitrine comprimée depuis des années, ouvraient son thorax, laissaient libre cours à sa respiration. Pleurer vraiment. Enfin. Le drame de sa vie. La perte de son bébé.

À peine vient-elle d'introduire sa clef que Patrice lui ouvre. Inquiet, les cheveux en bataille, le nœud de cravate desserré, il a du mal à maîtriser le tremblement de sa voix.

— Où tu étais ?

Nathalie jette négligemment ses affaires sur le sol du vestibule. Ses yeux brillent et donnent à son visage tourmenté un éclat particulier.

— C'est elle !

— Quoi, elle ?

— La meurtrière ! C'est elle !

— La meurtrière de qui ?
— De mon bébé ! De qui veux-tu ?
— Mais de qui tu parles ?
— La fiancée de ton fils ! Cette fameuse Gala que tu trouvais si épatante !
— Et donc ?
— Eh bien c'est *elle* qui a tué notre enfant !
— Notre enfant ? Mais qu'est-ce que tu racontes ?
— Mais oui ! Notre bébé ! hurle Nathalie en donnant un coup à l'épaule de Patrice. Tu te souviens encore de notre bébé ou ça aussi tu t'en fous ?!

Puis, grimpant quatre à quatre les escaliers, elle ajoute d'une voix essoufflée :
— Appelle la police ! Tout de suite ! Avant qu'elle ne fasse du mal à Grégoire…

Effondré, rongé de culpabilité, Patrice s'assoit lourdement sur la bergère de l'entrée. Quelle naïveté il avait eue de croire qu'il maintiendrait la folie de sa femme à distance ! Comment avait-il pu sous-estimer à ce point la gravité de son état ? Et maintenant ? Que doit-il faire ? En premier lieu, demander conseil à Kretz. Seul le médecin pourra faire interner Nathalie, se dit-il en s'engouffrant dans sa Peugeot 607.

Chaque fois qu'elle pénètre dans la chambre bleue, Nathalie se sent réconfortée. Mais cette fois, c'est différent. Cette fois, elle éprouve un réel apaisement, comme si le statut de Mathieu était enfin reconnu. Un sourire aux lèvres, elle ouvre la commode et fait défiler, telles des fiches cartonnées, les minuscules couches Pampers rangées dans le tiroir de gauche. Puis elle sort les brassières et les pyjamas 0-3 mois, les plie consciencieusement et les pose sur le matelas à langer. D'une armoire en haut de laquelle est alignée une série de biberons en verre à capsule bleue, elle sélectionne les vêtements 6 mois et les répartit habilement dans les deux autres tiroirs. Jetant un œil satisfait à la chambre, elle allume ensuite la petite veilleuse en forme de canard puis contemple, attendrie, les cadres à photos vides sur le manteau de la cheminée. Sans se départir de son sourire, Nathalie fait alors basculer le cheval à la crinière dorée puis tire prestement sur la ficelle du mobile au-dessus du petit lit, activant par ce geste familier la berceuse aux notes cristallines.

— Dors bien, bébé ! chuchote-t-elle. Maman va prendre un bain !

C'est Manuela qui a donné l'alerte ! Heureusement que ma mère avait la tête à l'extérieur de la baignoire, sinon elle se serait noyée. Manuela n'arrête pas de répéter en pleurant que l'eau était glacée, et *madame* tellement froide qu'elle a cru qu'elle était morte. Elle a appelé mon père, qui est arrivé en même temps que les secours. Depuis tout à l'heure, j'essaie de joindre mon frère, mais cet abruti est toujours sur répondeur.

Il arrive parfois qu'une vie familiale bien tranquille se mette à bugger. Dans mon esprit, la nôtre avait déconné au retour de Grégoire. Mais en réalité, la crise couvait depuis bien plus longtemps. Après ma découverte morbide de l'autre jour, j'avais été tellement choquée qu'il m'avait été impossible d'en parler. Depuis des années, mes parents s'asseyaient sur le couvercle d'une cocotte sous pression en espérant colmater la fuite des secrets de famille. Il fallait bien que tout ça éclate un jour ! À présent, le Samu a envahi la maison et j'ai peur de ne plus jamais oser demander d'explications à ma mère. *Si seulement j'avais pu imaginer qu'elle souffrait autant !* Je la vois, à travers mes larmes, m'adresser un faible sourire. Je lui serre la main, impuissante à la soulager autrement que par le mensonge.

— Ne t'inquiète pas, maman. J'ai eu Grégoire au téléphone. Il est sur le chemin. Il t'aime, je dis d'une voix tremblante.

Papa est ensuite parti avec l'ambulance. Je me suis jetée dans les bras de Manuela en pleurant. Je me sentais tellement seule.

Plus tard dans la soirée, mon père a bien été obligé de tout nous raconter, à mon frère et à moi. Grégoire lui en a beaucoup voulu de son silence.

— Mais pourquoi vous ne nous avez jamais parlé de ce bébé ? Putain !

— On estimait que vous n'étiez pas concernés. À l'époque, tu n'étais qu'un enfant. Et quand ta sœur est née… il fallait tourner la page…

— Mais cette chambre ? C'est hyper-badant ! Tu imagines le choc pour Amélie ? Tu savais, toi, que maman était très perturbée ! Pourquoi tu ne t'es pas occupé d'elle ?

Papa a essayé de se justifier en disant que les troubles de maman venaient juste de réapparaître. Évidemment, Grégoire a enchaîné sur Gala.

— Je ne m'explique pas l'obsession de maman à son sujet… Pauvre Gala ! Déjà qu'elle n'a pas eu une vie très facile…

On a dressé l'oreille. Mon père semblait au moins aussi intéressé que moi.

— Ah bon ? C'est-à-dire une vie pas très facile ? il a demandé.

— Je vous raconterai tout ça un jour. Si Gala veut bien…

Nathalie présentait une telle détresse respiratoire qu'elle fut admise en réanimation. L'interne de garde, qui suspectait une intoxication mixte au diazépam et aux tricycliques, demanda au labo une recherche de toxiques qui s'avéra positive. Vingt-quatre heures plus tard, Nathalie continuait d'avoir des propos confus et souffrait encore d'hypersomnie. Le confrère psychiatre mandaté sur place confirma son hyperanxiété et, ne pouvant exclure l'autolyse, fit transférer Nathalie Royer dans le département de psychiatrie du professeur Bordeaux.

Celui-ci se divisait en deux bâtiments mitoyens. Milgram et Fechner. Milgram accueillait seulement une quinzaine de patients qui souffraient d'un état dépressif ayant entraîné une ou plusieurs tentatives de suicide. Aucun des pensionnaires n'y était admis sous contrainte mais avec le désir d'être soigné. De fait, ils bénéficiaient de certains privilèges, comme celui d'aller et venir librement dans l'espace de vie commun ou de sortir fumer une cigarette dans le jardin. À l'inverse de Milgram, l'accès au pôle Fechner était ouvertement sécurisé, parce qu'on y traitait les pathologies psychotiques lourdes. En conséquence, le moindre va-et-vient, y compris les déplacements du personnel, faisait l'objet d'un contrôle strict et il était difficile d'échapper à la surveillance électronique des caméras. Entre eux, les infirmiers surnommaient ce bâtiment Fort Knox.

En attendant qu'une chambre se libère à Milgram, c'est dans ce service que Nathalie est hospitalisée. Au début, elle est assommée de sédatifs et ne se rend compte de rien. Mais à mesure que ses doses sont réduites, Nathalie prend conscience de son enfermement. Persuadée que sa famille l'a abandonnée et que personne ne viendra la chercher, elle pleure jusqu'à l'épuisement. Une seule infirmière trouve grâce à ses yeux. Patty. Celle-ci lui parle de ses problèmes de couple et trouve en Nathalie une oreille attentive. Chacune y trouve son compte. Mais lorsque Nathalie entend la clef tourner dans la serrure après le départ de Patty ou d'une autre infirmière, elle est terrorisée. C'est la nuit qu'elle a le plus peur. Elle n'est pas la seule. Vers 22 heures, le service offre un concert de beuglements et de mugissements effrayants. Six jours durant, Nathalie vit dans un état de léthargie entrecoupé de crises d'angoisse, sans qu'aucun médecin ne la prenne en charge. Au matin du septième jour enfin, elle est transférée à Milgram.

À côté de Fechner, c'est le paradis sur terre. Même si personne dans ce service n'accorde un quelconque crédit aux propos étranges et décousus que Nathalie continue de déblatérer à longueur de journée.

— Vous ne me croyez pas ! s'insurge-t-elle. Personne ne me croit ! Mais si un malheur arrivait à mon fils, je vous tiendrais tous pour responsables…

L'hospitalisation de ma mère m'a rapprochée de Gala. Même si je continue de la trouver étrange, c'est aussi une fille qui a des attentions. Par exemple, l'autre soir, elle nous a invités à dîner, mon père et moi.

— J'ai l'impression que maman est morte ! j'ai dit d'un air lugubre alors qu'on s'asseyait à table.

— Ne dis pas de bêtises. Tu ne sais pas ce que c'est, de perdre sa mère !

J'avais envie de lui dire *et toi tu sais, peut-être ?* Mais je n'ai pas voulu être agressive. On a continué de manger en silence. Je ne sais si c'est elle ou moi qui avais cassé l'ambiance, mais j'avais hâte de rentrer chez moi.

Alors qu'elle est à Milgram depuis environ deux semaines, Nathalie se réveille une nuit, en nage et le cœur battant. Dans son cauchemar, Grégoire gisait dans une mare de sang. Elle ferme les yeux afin que sa vision s'estompe. Mais le grondement du tonnerre ne fait qu'amplifier son angoisse. *Dieu m'appelle pour sauver Grégoire*, chuchote-t-elle en posant un pied sur le sol glacé. *Jésus est avec moi !* Elle fait un signe de croix et sort dans le couloir faiblement éclairé.

Ses pieds nus effleurent le sol. Sa chemise de nuit en coton bleu, trop grande pour elle, tombe sur ses épaules. Le silence qui l'enveloppe est vertigineux. La nuit, les portes des chambres sont fermées et Nathalie reconnaît à peine les lieux. Arrivée au bout du couloir, elle s'immobilise quelques secondes devant la chambre de garde d'où lui parviennent des gémissements puis pénètre dans la salle que l'infirmière a désertée pour rejoindre le médecin. D'une main hésitante, Nathalie ouvre le casier métallique en priant pour que la porte ne grince pas. Elle tâtonne en aveugle, palpe un vêtement accroché à un cintre, le tire vers elle et quitte la pièce. Elle entend un rire. Elle accélère le pas vers la sortie qui donne sur le jardin mais la poignée est verrouillée. Les pulsations de son cœur s'accélèrent.

Puis Nathalie se souvient de la façon dont le brancardier l'avait emmenée de Fechner à Milgram. Le seul moyen de s'échapper était de traverser le bâtiment psychiatrique par le sous-sol. Il existait en effet, sous l'hôpital, une véritable ville souterraine qui avait probablement servi d'abri pendant la Seconde Guerre mondiale. Aujourd'hui, les galeries permettaient à tous les services de se rejoindre et facilitaient la circulation des civières et des chariots-repas entre les pavillons.

Dans le monte-charge aux parois dégradées de graffitis, Nathalie retire en vitesse sa chemise de nuit, humant au passage une petite odeur âcre de transpiration qui la réconforte, et enfile la robe de l'infirmière en espérant que celle-ci ne sera pas trop petite. *Merci mon Dieu ! Ma vie est entre les mains du Seigneur Jésus-Christ. J'ai foi en Lui, j'ai confiance en Lui. Je m'abandonne totalement entre les bras de notre mère la très Sainte Vierge Marie, qui est le seul et sûr chemin pour me conduire hors de cet hôpital et m'aider à sauver mon fils Grégoire des griffes du diable. Amen !*

Le cœur toujours battant, sa chemise de nuit serrée contre son ventre, elle traverse les arcades du sous-sol de ce bâtiment édifié sur les fondations d'une ancienne chapelle. Des gouttes tombent à intervalles réguliers du plafond voûté pour former des flaques d'eau stagnante où Nathalie pose ses pieds nus. Soudain, elle sent l'odeur d'une cigarette. Elle se plaque contre le mur. Son cœur martèle sa poitrine. Deux hommes, des infirmiers, la dépassent sans même la remarquer. Nathalie reprend sa marche mais ses jambes sont molles comme du coton. Si on la trouve, elle sera de nouveau envoyée à Fechner. Elle a l'impression de parcourir des kilomètres dans le noir et de se perdre dans les méandres des galeries. Parvenue à un carrefour, Nathalie aperçoit des pancartes qui indiquent la direction des services. Radiologie. Scanner. Cardiologie. USIC. Par les soupiraux de l'entresol, elle voit le jour se lever. Elle est sauvée. Elle comprend que l'activité va reprendre. Dans une heure ou deux, Nathalie pourra se fondre à la masse des travailleurs de l'hôpital. Elle sortira par la Radiologie. Ou plutôt par les Urgences. C'est là qu'il y a le plus de va-et-vient. Soudain, Nathalie n'a plus peur. Elle se laisse glisser le long du mur et se met à pleurer des larmes de bonheur.

La pluie tombe à verse. Les gens marchent vite et le dos courbé. L'air est vif. Nathalie enfouit sa chemise de nuit au fond d'une poubelle et se dirige vers la gare. Tassée à l'arrière d'un wagon empli d'employés, de cadres et d'étudiants, Nathalie est toujours pieds nus, avec pour seul habit la robe de l'infirmière. Elle inspire les effluves d'eaux de toilette mélangées au tabac froid et aux odeurs corporelles. Une femme entre deux âges la regarde avec perplexité. Nathalie soutient si bien son regard que la sexagénaire baisse les yeux.

Les banlieues défilent sur des quais de gares déserts. Par chance, le train est direct. C'est la première fois que Nathalie prend les transports en commun pour aller à Paris. Elle sourit malgré son désarroi.

Dans le métro, elle n'a d'autre choix que resquiller. Avec toute cette cohue, personne ne la remarque. Elle descend à Bastille et avance tête baissée en coupant à travers les petites rues. Des bourrasques de vent soulèvent sa robe. La pluie a redoublé d'intensité. Nathalie ruisselle de la tête aux pieds. Elle ne sent pas le froid pénétrer sa peau. Lorsqu'elle parvient au 11 rue de Turenne, son énergie est décuplée. Un homme sort de l'immeuble. Elle en profite pour pénétrer dans le hall. À gauche, une feuille scotchée sur la loge de la concierge indique Mallet 4e. Il n'y a pas d'ascenseur. Nathalie monte l'escalier en fer forgé en se tenant à la rampe. Elle est comme une lionne, prête à l'attaque. À mesure qu'elle gravit les étages, Nathalie est galvanisée par la haine. Les gros mots s'entrechoquent dans sa bouche. Puisque Gala a tué son bébé, Nathalie va la tuer. Elle trouvera un couteau. Un marteau. N'importe quoi. S'il le faut, elle l'étranglera de ses propres mains. Dans quelques minutes, Grégoire sera sauvé. Et son bébé vengé.

Un éclair traverse la dernière volée de l'escalier. Puis le jour s'obscurcit. Nathalie espère que son fils a gardé l'habitude de toujours cacher un double des clefs. Elle tâtonne, sous le paillasson d'abord, puis glisse sa main le long du rebord du chambranle.

En pénétrant dans l'appartement, Nathalie voit une

porte en chêne entrouverte et par-delà, en perspective, un coin du lit. Puis son champ de vision rétrécit et elle aperçoit Gala dans l'entrée, le regard dénué d'expression, pâle et éthérée comme un spectre du passé. Nathalie attendait cette confrontation depuis si longtemps ! *Pourvu que ce monstre n'ait pas fait de mal à Grégoire !* se dit-elle. La mémoire lui revient par flashs successifs. Tout ce sang. *Mon bébé.* Cette longue tige métallique qui lui perfore le ventre. Elle gémit. Se saisit du premier objet à portée de main, un club de golf, tandis qu'un second éclair illumine la pièce. Gala recule contre le mur, ses yeux se révulsent. Elle émet un son rauque tandis que Nathalie lève le bras pour porter son premier coup.

Depuis que Nathalie est hospitalisée, Patrice se sent beaucoup plus libre. Il a même réussi à se débarrasser d'Amélie en la faisant inviter à Chamonix par les parents d'Alexandra. *Ça te changera les idées, ma puce !* lui a-t-il dit. Il n'est pas vraiment sûr que sa fille ait apprécié mais il s'en contrefout. Du moment qu'il dispose de la maison pour lui tout seul ! C'est d'ailleurs la raison pour laquelle il a offert cinq jours de congé payé à Manuela. Du côté de Grégoire, il est également tranquille. Son fils lui a dit qu'il était à Londres pour une série d'entretiens d'embauche.

Patrice est nu dans son lit. Les rideaux sont grands ouverts. Il a cinquante-trois ans et il ne s'est jamais senti aussi bien dans son corps et aussi maître de son temps. Lui non plus ne travaille pas. Il a pris quelques jours de repos. Autant que Charles-André qui est en voyages d'affaires à Milan. Afin de profiter de Marie-Laurence en toute impunité. Depuis hier soir, ils s'en donnent à cœur joie. Il devrait plutôt dire à corps joie, pense-t-il, ravi de son jeu de mots en regardant sa maîtresse nue, allongée tête-bêche en face de lui. Cette profanation de la couche conjugale amplifie son désir. Il pose une main avide entre les cuisses lascivement écartées de Marie-Laurence lorsque le timbre du téléphone le stoppe dans son élan. Sa mâchoire se contracte légèrement. Il attend que la sonnerie cesse. Marie-Laurence lui murmure un tas de choses grivoises qui décuplent son plaisir quand le téléphone se remet à sonner. *Je vais le remettre à sa place, cet emmerdeur !* dit Patrice en se saisissant du récepteur tandis que Marie-Laurence capture son sexe dans sa bouche.

— *Allô !* dit-il d'une voix volontairement cassante afin de manifester son agacement.

L'explication du policier est succincte. Patrice ignore le rôle qu'a joué Nathalie dans ce drame, mais si c'est elle qui a agressé Gala, il plaidera l'altération grave de ses facultés mentales et se jure d'en faire porter l'entière responsabilité à l'hôpital. Comment sa femme avait-elle pu s'échapper ? Patrice repose le combiné et se tourne vers Marie-Laurence.

— Il y a un problème avec ta fille, dit-il d'une voix blanche.

— Mon Dieu ! Géraldine ?

— Gala. Elle est entre la vie et la mort.

Puis, voyant que Marie-Laurence ne réagit pas, il la bouscule.

— Qu'est-ce que tu attends ? Habille-toi ! Le Samu est sur place !

Au moment où Nathalie s'apprête à porter son premier coup, Gala s'écroule, le corps secoué de spasmes. Soudain, Nathalie prend conscience que Gala est en train de convulser et qu'elle est en danger. Quoi que cette fille ait fait, c'est à elle de la sauver. Alors, malgré son désespoir, Nathalie compose le 15.

Nathalie attend les secours en tremblant de froid. Sa robe est trempée et colle à sa peau. Elle lutte contre le sommeil en alternant prières pour elle-même et paroles apaisantes pour Gala. À mesure que sa haine diminue, Nathalie ressent un grand soulagement. C'est une délivrance. Presque une joie.

Je me confesse à Dieu Tout-Puissant et à vous, mon Père. J'ai gardé de la haine contre la fiancée de mon fils, je lui ai souhaité du mal, j'ai voulu me venger du mal qu'elle m'a fait, j'ai refusé de lui pardonner la mort de mon bébé, je l'ai insultée, j'ai failli la frapper, j'ai voulu la tuer. Mon Dieu, j'ai un extrême regret de vous avoir offensé, parce que vous êtes infiniment bon, aimable et que le péché vous déplaît. Pardonnez-moi par les mérites de Jésus-Christ mon sauveur. Je me propose, avec votre sainte grâce, de ne plus vous offenser et de faire pénitence. Amen.

Qui aurait cru que mes *Miscellanées de la famille Royer*, ce journal intime destiné à me soulager des turpitudes de la vie familiale, me servirait au bout du compte à raconter l'histoire extraordinaire de deux familles ordinaires ?

Presque deux ans se sont écoulés, durant lesquels j'ai eu le temps de faire ma petite enquête. J'ai interrogé partout autour de moi, fouiné dans le passé des Puysere et dans celui de ma propre famille. J'ai recueilli les témoignages des amis, des voisins, j'ai jaugé, évalué la véracité des propos de chacun. J'ai fait des recherches sur Internet. Juge, flic, psychologue familial, j'ai été un peu tout ça et cela m'a plu.

Si la folie et l'acharnement de ma mère ne l'avaient pas conduite chez mon frère, Gala ne serait peut-être plus là aujourd'hui. Ma belle-sœur est en effet atteinte d'une maladie orpheline héréditaire dont les conséquences peuvent être mortelles. Personne ne le savait. Ma mère en avait été à la fois le témoin ignorant et la victime.

Pour commencer, je dois dire qu'elle s'était complètement fourvoyée à propos de Gala, que j'appellerai désormais de son vrai prénom, Victoire, par souci de clarté. Ce n'était pas tant les informations collectées qui étaient fausses que l'interprétation qu'elle en avait faite. Car en réalité la personnalité de Victoire ne peut être expliquée qu'à la lumière de ses origines, et plus particulièrement de celles de sa vraie mère, Gala Braufman, qui a trouvé la mort, ce 15 septembre de l'année 1989, dans des circonstances jamais élucidées.

Gala Braufman était une jeune Américaine venue à Paris en 1985 afin de compléter son cursus de psychologie à la faculté de la Sorbonne. Elle a alors vingt et un ans, la tête emplie de rêves et la vie devant elle. Les photos que j'ai trouvées de l'époque montrent une jeune fille aux yeux verts et à la bouche généreuse. Son visage ovale, encadré par des cheveux de jais, affiche un sourire permanent. Elle est belle et semble heureuse, malgré une relation amoureuse compliquée.

Comme beaucoup d'étudiants américains, Gala a un petit job qu'elle mène en parallèle de ses études. Le sien consiste à faire la lecture à Madeleine Mallet de Puysere, alitée pour des raisons de santé. Son fils, Charles-André, qui ne rendait que ponctuellement visite à sa mère, se met alors à venir quotidiennement. Madeleine ne remarque pas tout de suite la complicité teintée d'un sentiment plus trouble qui se noue au fil des semaines entre les deux jeunes gens. Lorsqu'elle apprend que sa demoiselle de compagnie attend un enfant, elle est catastrophée. Non seulement Charles-André est marié et père de famille, mais Gala Braufman est issue de la *middle class*. Ses parents sont de petits commerçants de Brooklyn. Juifs de surcroît. (Ma mère ne s'était pas trompée en notifiant dans son enquête de personnalité que *Victoire* avait rejoint l'association des étudiantes juives du Bryn Mawr College. Elle ignorait que la jeune fille était à la recherche de ses racines maternelles.) Pourtant, le premier choc passé, Madeleine jure à son fils de garder le secret. Mieux, elle fera jouer ses relations afin que Gala soit engagée à la petite maternelle catholique de Bois-Joli. Combien de temps aurait pu durer cette double vie si elle ne s'était pas soldée par un double drame ? Cette funeste journée du 15 septembre 1989 aurait dû faire l'objet d'une reconstitution mais l'enquête avait été bloquée de fait, puisque la seule qui aurait pu témoigner n'était pas en état de parler : ma mère subissait en effet une sismothérapie, mon père croyant alors que les électrochocs étaient le seul remède à la perte d'un enfant. Par la suite, l'amnésie traumatique de maman et la surprotection de mon père (ou plutôt son déni de l'ampleur des dégâts sur la santé de ma mère !) ont conduit la police à classer l'affaire.

15 septembre 1989

Il fait extrêmement chaud. L'orage qui s'annonce rend Gala Braufman nerveuse. D'ailleurs, la jeune institutrice a bien failli ne pas venir à cette garden-party de rentrée organisée par les parents de l'école. Charles-André a cependant insisté et elle veut faire plaisir à cet homme qui lui promet de divorcer. *Bientôt. Après l'accouchement de Marie-Laurence. Je te promets*. Y aurait-il eu cet *après* si la journée s'était déroulée normalement ?

La fête bat son plein. Alors que Victoire est prise en charge par de jeunes animateurs, Gala se plaint à son amant de son mal de tête.

— Et puis ces *petits-bourgeois* ! ajoute-t-elle. Ils me fatiguent avec leurs glapissements !

Elle a dit *bourgeois* avec mépris, elle l'a sifflé entre ses dents, et Charles-André est surpris de cette virulence. Jamais encore sa jeune Américaine n'a critiqué son milieu ou les natifs de Bois-Joli. Elle leur trouve au contraire un *charme à la française* qui la ravit. *Qui est votre Fitzgerald national ? Mauriac ? Sagan ? Ici, j'ai l'impression d'évoluer dans un roman !*

À quelques mètres, Marie-Laurence Mallet de Puysere se balance doucement sur *Right here waiting* lorsque la voix enjouée de la maîtresse de maison la tire de ses rêveries.

— Marie-Lo ! Viens pour la photo !

— Vous n'avez pas vu mon mari ? demande-t-elle en rejoignant ses amis.

Puis l'apercevant en grande discussion avec la nouvelle institutrice, elle hurle à grand renfort de gestes.

— *Hey ! darling !* Viens poser avec nous ! Vite ! Avant que l'orage n'éclate !

Le photographe mitraille le groupe. Le sourire de Charles-André est crispé. Il sent contre son flanc le ventre proéminent de Marie-Laurence, ce ventre de parturiente qu'elle tient fièrement en avant et qui est là pour lui rappeler, si besoin était, que sa famille officielle est en train de se construire et qu'il lui sera très difficile d'assumer le scandale d'un divorce.

— *Cheese !* susurre Marie-Laurence en resserrant son étreinte.

Elle tient beaucoup à ces petits souvenirs sur papier glacé. Des albums reliés sur parchemin, à l'italienne, Marie-Laurence en a des dizaines, classés par ordre chronologique dans sa bibliothèque.

— Je reviens ! chuchote-t-elle à l'oreille de son mari avant de s'éclipser mystérieusement.

Charles-André regrette d'avoir fait venir Gala à cette fête. Tout compte fait, c'était une mauvaise idée. Pourquoi n'avait-il pas écouté sa mère ? *Deux foyers bien cloisonnés et qui ne se croisent jamais, Charles-André ! N'oublie jamais cette règle !* Mais que sait donc Madeleine des doubles vies, pour connaître et respecter si bien les termes des contrats adultérins ?

(Je brûlais d'envie de le savoir mais j'ai choisi de me limiter aux événements qui concernaient ma propre mère. Et Victoire. L'une et l'autre étant désormais indissociablement liées.)

Juste avant de rejoindre ses amis pour la photo, Charles-André a suggéré à Gala de se reposer sur un des transats qui bordent la piscine.

— Tu verras c'est agréable… J'essaierai de t'y rejoindre.

— *Kiss me…*

— Tu sais bien que c'est impossible, répond-il, agacé, avant d'ajouter plus doucement : *But I love you. You know it, don't you ?*

Tout en se dirigeant vers le fond du parc, Gala songe avec tristesse à la vie qu'elle offre à sa fille.

Si seulement elle avait osé parler de Victoire à ses parents ! Pour l'instant, elle est encore petite. Mais plus tard ? Comment vivra-t-elle la situation ? Malgré l'amour qu'elle éprouve, Gala envisage de plus en plus souvent de quitter Charles-André et de rentrer avec Victoire à New York.

Parvenue à la piscine, elle pénètre dans le pool house en espérant y trouver plus de fraîcheur qu'à l'extérieur. Elle a la sensation qu'on lui vrille la tête à la perceuse électrique. Au plafond, une ampoule éclaire d'une lumière blafarde un fatras d'outils et, dans un coin, des matelas entassés les uns sur les autres. Elle s'y affale, abattue et malheureuse. Des coups de tonnerre retentissent au loin. Elle serait mieux dans son lit mais n'a plus la force de rentrer chez elle tant ses migraines sont atroces. Un premier éclair l'éblouit. Gala se protège les yeux en gémissant. Le plafonnier clignote et s'éteint. Des trombes d'eau se déversent sur la maison. Gala a peur. Elle préfère affronter la pluie plutôt que rester seule dans le noir. Elle tâtonne avec précaution vers la sortie mais ses muscles sont anormalement rigides, comme si son corps entier était engourdi par une énorme crampe. Soudain, elle dresse l'oreille et s'immobilise. Quelqu'un respire à côté d'elle. Un homme, tapi dans l'ombre, et qui veut lui faire du mal. Le cœur de Gala s'emballe.

Peu de temps auparavant, ma mère avait discrètement déserté la fête et se promenait à l'ombre des arbres centenaires. Sa marche était ralentie par le poids de son ventre, mais elle n'était pas pressée et savourait son bonheur. Dans quelques jours, elle deviendrait mère pour la deuxième fois. À quoi pense-t-elle tandis qu'elle avance prudemment en direction de la piscine ? À cette maternité qui la comble de joie ? À mon père ? À Grégoire ? À son accouchement prévu pour le mardi suivant ? Des coups de tonnerre retentissent. Maman lève la tête. Un éclair illumine le ciel. Tout s'assombrit brutalement. L'orage est là. Réalisant qu'il lui sera impossible de gagner la maison sans être trempée de la tête aux pieds, elle court se réfugier dans le pool house.

À peine ses yeux se sont-ils habitués à l'obscurité qu'elle voit une ombre. Elle pense d'abord à une chauve-souris et n'est pas rassurée. Puis elle sent une présence. Un souffle chaud sur sa nuque et qui la terrorise. Son cœur se décroche. Elle voudrait crier mais aucun son ne sort de sa bouche. Ses tempes battent la chamade. Un deuxième éclair traverse la pièce. Ma mère aperçoit sur sa droite une créature effrayante. Ma mère étouffe. La créature a des mouvements saccadés. Tout son visage est contracté. Ma mère est dans un tel état de panique qu'elle est incapable de sortir. Au troisième éclair, ma mère voit des yeux révulsés. Elle hurle. Supplie la femme. Cette dernière est à quelques millimètres. La fixité de son regard tétanise ma mère au point que son cerveau ne lui dicte plus rien. Ma mère fait un pas en avant. Gala Braufman, car il s'agit bien d'elle, s'agrippe à ma mère. Ses traits sont défigurés par un rictus et de l'écume jaillit de sa bouche. Maman tombe à genoux. J'imagine que l'Américaine lui donne une série de coups de pied dans le ventre en poussant un mugissement de bête. Des coups suffisamment forts en tout cas pour tuer son bébé. Ma mère s'affale sur le sol, déséquilibrant Gala qui trébuche avant de poursuivre sa course affolée à l'extérieur. La piscine est à moins d'un mètre. Dehors, il pleut des cordes. Gala ne distingue rien. Ne contrôle pas son corps. N'a aucune prise sur ses mouvements. Elle chute dans le bassin. Mais sa rigidité musculaire l'empêche de nager ou de se hisser hors de l'eau.

Probablement Gala Braufman s'est-elle vue mourir au ralenti. Probablement, tout en s'enfonçant lentement dans les profondeurs aquatiques, a-t-elle pensé à sa fille chérie. Ma belle-sœur, Victoire. *Que va-t-elle devenir à présent ?*

Marie-Laurence ne cesse de faire tourner en boucle le déroulement des événements de la mi-journée. Ses yeux sont secs et sa bouche pincée.

Au chagrin, voire à la culpabilité qu'elle aurait dû éprouver comme l'ensemble des gens présents à cette garden-party, se sont substituées l'humiliation et la haine. Marie-Laurence sait que désormais sa vie ne sera plus la même. Elle sait que son bonheur de femme s'est achevé aujourd'hui et qu'elle ne s'en remettra jamais. Elle songe à l'affront public que vient de lui infliger son mari et sa détresse est totale. *Tant mieux s'il a mal.* Elle aurait préféré vivre dans l'ignorance.

Lorsque l'orage avait éclaté, le repli vers la maison s'était effectué dans la bonne humeur. Les enfants riaient et se bousculaient. Les adultes prenaient avec eux ce qui, des quiches et des desserts, pouvait être sauvé. On se serrait. On s'abritait les uns contre les autres, dans la maison et sous l'auvent.

C'est Charles-André qui a évoqué le premier l'institutrice. Personne ne s'était aperçu qu'elle manquait à l'appel. *Depuis quand Charles-André se préoccupe-t-il des autres ?* Sans trop savoir pourquoi, Marie-Laurence est contrariée de sa sollicitude.

Il court sous la pluie à présent, talonné par mon père qui s'inquiète également de l'absence de ma mère. Charles-André s'en veut d'avoir laissé Gala se dépêtrer seule avec son mal de tête. Il a hâte de la tenir dans ses bras ! Parvenu devant la piscine, il sent ses tripes descendre comme un ascenseur en chute libre. Le cri de mon père fait écho au sien. Charles-André tourne lentement la tête vers la maison. Des parents arrivent en rang serré. Marie-Laurence est en première ligne.

Tous sont consternés. Anéantis par ce qu'ils découvrent. Le cadavre de l'institutrice flotte à la surface de l'eau tandis que la jeune femme enceinte gît dans une mare de sang à l'extérieur de la cabane. Qu'a-t-il bien pu se passer entre les deux femmes pour aboutir à cette scène de pugilat ? J'ai interrogé papa, bien sûr. Il est resté muet. Personne ne sait. Et surtout pas maman dont l'inconscient a scrupuleusement tout effacé !

En attendant l'arrivée des secours, quelques-uns se sont agenouillés à côté de ma mère tandis que Charles-André s'acharne avec le désespoir des vaincus à réanimer Gala. *Il ne voit donc pas qu'elle est morte ?* Marie-Laurence est sur le point de lui dire d'arrêter cet inutile bouche-à-bouche quand elle entend l'horrible gémissement de son mari. C'est un… comment dire... un meuglement si profondément douloureux, si incrédule dans son intonation en suspension qu'elle en est stupéfaite. Bien sûr, tout le monde est sous le choc et Charles-André a le droit de l'être tout autant que les autres. Pourtant, Marie-Laurence trouve son comportement absolument indécent ! Ce n'est encore rien en comparaison de la jalousie et de la souffrance qu'elle éprouvera quelques instants plus tard en voyant son mari serrer avec amour une toute petite fille dans ses bras.

Alors, Marie-Laurence envisagera la possibilité que quelque chose d'essentiel lui a échappé. La mort de cette institutrice préfigure celle de son couple, de sa famille, de ses rêves. Dans une fulgurance, Marie-Laurence mesurera l'ampleur de la trahison et reportera toute sa haine sur l'orpheline. *Que cette bâtarde aille au diable !* J'imagine que toute sa vie Marie-Laurence s'est acharnée à éloigner la fillette de cet homme qu'elle ose appeler papa. Quand elle apprend les projets de mariage de Victoire, Marie-Laurence exulte. Quoi de mieux en effet qu'une bague au doigt pour séparer définitivement une fille de son père et entériner la fin des liens sacrés ?

Dès le début de sa grossesse, ma mère s'était consacrée avec un acharnement presque obsessionnel à la décoration de la chambre de Mathieu et à la confection de son trousseau. Elle avait classé les collections de vêtements par saison et par âge dans les commodes et les armoires. Des couches Pampers 1er et 2e âge avaient été stockées par centaines dans le placard. Chaque chose était disposée à sa place. Le lait nettoyant, la crème pour les érythèmes fessiers, l'huile pour les squames, le talc, l'eau de toilette, la brosse à cheveux se trouvaient dans la corbeille en dentelle.

La tétine était accrochée au bout d'un ruban bleu, le mobile musical suspendu au-dessus du berceau, le cheval à bascule attendait sagement sous la fenêtre. Tout comme les peluches et les jouets rangés dans le coffre.

Mathieu n'a jamais vu le jour. Ce 15 septembre, mon ex-futur grand frère est mort *in utero*. À trois jours du terme.

Maman a fait de sa chambre sa sépulture.

Depuis dix-neuf ans, elle nie l'évidence. Depuis dix-neuf ans, elle se réfugie quotidiennement dans ce caveau. Même après ma naissance, je dis cela sans amertume, elle n'a pas su tourner la page. Une part d'elle était sans doute définitivement morte. Peut-être la perte de son bébé n'a-t-elle fait qu'accentuer sa fragilité. Quoi qu'il en soit, ma mère a vécu dans le déni le plus total pendant dix-neuf ans, et mon père, hélas, n'a jamais rien fait pour qu'elle se fasse soigner.

On sait à présent que Gala Braufman était atteinte d'un méningiome cérébral. Les neurologues que j'ai rencontrés m'ont expliqué que le méningiome cérébral pouvait se situer en différentes zones et que s'il siégeait en regard du lobe frontal et comprimait les structures propres à l'idéation, c'est-à-dire à la formulation des idées, il pouvait provoquer des pertes de connaissance à répétition et engendrer des troubles du comportement qui pouvaient rendre le patient extrêmement violent. La crise d'épilepsie, qui est l'une des plus fréquentes manifestations du méningiome, est précédée de mouvements anormaux du corps qui précèdent la perte de conscience. Les troubles visuels dont souffrait la jeune Américaine après des stimulations électriques, ses fréquentes céphalées suivies de pertes de connaissance auraient dû l'alerter. Mais prise dans le tourbillon mouvementé de sa jeunesse et inconsciente de la gravité de son état, la jeune femme n'avait consulté aucun médecin. Sa première crise d'épilepsie lui sera fatale. Non pas qu'elle ait été un facteur médical aggravant, mais les circonstances dans lesquelles s'est déroulée la crise ont eu des conséquences mortelles. On appelle ça le destin.

Il se trouve que Victoire avait hérité d'une variante de cette maladie. Ceci explique *a posteriori* ses fréquents maux de tête, ses moments d'absence et son regard perdu. Or, c'est justement parce que ma mère avait gardé dans sa mémoire inconsciente le souvenir du visage de Gala, son ovale, la couleur de ses yeux mais aussi et surtout l'étrange fixité de son regard qu'elle pensera reconnaître en Victoire l'ennemie de toute sa vie.

Sa méprise et son acharnement auront au moins servi à sauver son petit-fils. Car Victoire était enceinte. On appelle ça l'ironie du destin.

Deux ans donc se sont écoulés depuis le drame et maman va beaucoup mieux. Elle mène enfin la thérapie qu'elle aurait dû entreprendre depuis des années. Comme il fallait s'y attendre, elle est d'abord tombée amoureuse de Kretz, son premier psy, avant de le quitter subitement pour un médecin qui exerce à Paris. Celui-ci l'aide efficacement à faire le deuil de ce bébé.

Il y a trois mois, ma mère a vidé la chambre bleue de fond en comble. Grégoire voulait garder le berceau mais maman n'a pas voulu. Elle a dit que ça risquait de porter malheur.

Mes parents se sont séparés. Ma mère se fait dorénavant plaisir sur Facebook. C'est à mon tour de l'espionner. Elle a rencontré un mec qui lui conte fleurette et lui fait comprendre qu'à cinquante ans, on peut toujours être sur le marché. Mon père a rompu avec Marie-Laurence. Victoire apprécie. Mon frère aussi. Ils trouvent que c'est plus sain pour le petit Aaron. Lui c'est mon neveu. Il a été circoncis et porte le prénom de son arrière-grand-père, lequel vient de faire la connaissance de sa petite-fille Victoire, qu'on continue d'ailleurs d'appeler Gala, en mémoire de Mlle Braufman, sa mère.

Ce qui est drôle, c'est que papa s'est occupé des détails de leur divorce tandis que maman s'est chargée de lui trouver une nouvelle maison à Bois-Joli. Juste répartition des compétences. Comme quoi, connaître son boulot, ça peut servir.

Tout cela m'a donné envie de faire des études de psycho. Je suis assez fière d'avoir exhumé les vieux secrets de famille. Tôt ou tard, les choses finissent par se savoir et les conséquences sont toujours désastreuses. Avant, mes parents s'obstinaient à sauver les apparences. Avec cette histoire, ils ont fini par admettre que Grégoire et moi étions au moins aussi précieux que des meubles. La seule chose à sauver quand la baraque prend l'eau.

Depuis quelque temps, je peine à remplir mes *Miscellanées de la famille Royer*. J'ai moins le cœur à être narquoise. Avant, tout prêtait flanc à ma critique.

Plus maintenant. Car même si notre cellule a éclaté, nous n'avons jamais été aussi proches les uns des autres. La preuve en est que pour la première fois de ma vie j'ai enfin l'impression de faire partie de cette putain de famille !

ÉPILOGUE

En cette veille de Noël, Nathalie est dans sa cuisine et achève les derniers préparatifs du dîner. Pour fêter son retour dans le monde des heureux, elle n'a pas résisté à la tentation de reproduire le délicieux menu des Mallet de Puysere, le soir où les familles s'étaient rencontrées. De l'eau a coulé sous les ponts depuis, et Nathalie est prête à parier que personne ne s'en souviendra. Et sûrement pas Gala. Que, soit dit en passant, elle aime *vraiment* à présent. La seule chose qui chagrine Nathalie est qu'elle n'ait pas été autorisée à disposer la crèche à côté du sapin.

— Par respect pour Aaron et Gala, lui avait expliqué Grégoire.

— Mais nous fêtons la naissance du petit Jésus ! C'est ridicule !

— Ne fais pas d'histoires, s'il te plaît !

Nathalie se rattrapera lorsque son petit-fils sera plus grand. Elle sourit. *Aaron nous apporte tant de joies !* Courbée sur son plan de travail, elle est en train de goûter le jus de réglisse aux girolles lorsqu'elle entend la porte d'entrée s'ouvrir. Trente secondes plus tard, une main espiègle se glisse sous sa jupe et lui pétrit les fesses.

— Arrête ! glousse-t-elle. Si quelqu'un arrivait !

— Impossible…, chuchote l'homme d'une voix mutine en caressant ses seins.

Nathalie éprouve des frissons de désir. C'est vrai qu'il est encore très tôt. Mais si son ex-mari est venu de bonne heure, c'est parce qu'ils ont quelque chose à accomplir. Quelque chose d'important. Et qu'ils ont besoin d'être seuls pour cela.

— Faisons d'abord ce que nous avons à faire, Patrice.

Un voile de tristesse assombrit le regard de Nathalie. Elle baisse la puissance de la plaque à induction sur laquelle mijote le pigeon et sort de la cuisine.

— Mais après tu n'auras plus envie…

— Je me sentirai soulagée d'un grand poids au contraire… Tu as tout amené ?

Patrice et Nathalie Royer se sont installés sur le grand canapé du salon. Le feu crépite dans la cheminée. Une bougie parfumée exhale une senteur de cannelle. Un nocturne de Chopin s'échappe de la mini-chaîne que Nathalie s'est achetée après son divorce. Un voisin qui les observerait en cet instant serait bien incapable d'imaginer la lame de fond qui a failli les emporter tous. Même un œil avisé ne remarquerait aucun changement dans la maison. Le sapin de Noël est au centre de la pièce. Les cadeaux sont disposés au pied de l'arbre. Tout est comme autrefois. Ou presque. Au temps béni où Grégoire et Amélie attendaient sagement le Père Noël et se réjouissaient d'accompagner leurs parents à la messe.

— Tu as tout amené ? demande à nouveau Nathalie. Sa voix n'est plus qu'un murmure.

— Tout. Absolument.

— Montre-moi…

Puis devant l'hésitation de Patrice, elle ajoute :

— Je vais bien. Je t'assure.

Patrice lui tend l'épais dossier qu'il a gardé dans le coffre de son cabinet pendant toutes ces années. Nathalie, très pâle, en extrait une page jaunie par le temps. C'est un compte rendu médical de l'hôpital intercommunal de Poissy Saint-Germain-en-Laye qui date du 15 septembre 1989. Les mots dansent devant ses yeux perlés de larmes.

« … par arme blanche chez une femme de 28 ans, enceinte de neuf mois, victime d'une lacération par objet contendant, probablement un pic à barbecue, au niveau de la fosse iliaque droite. Une laparotomie pratiquée en urgence a objectivé des plaies profondes au niveau de l'utérus et de ses pédicules vasculaires. Le fœtus mort a été extrait après hystérotomie. Il présentait deux plaies au niveau du crâne et du dos. »

Patrice l'entoure de ses bras. Nathalie poursuit sa lecture.

« … La mort fœtale est très fréquente lors des traumatismes ouverts par arme blanche surtout en fin de gestation où le fœtus, qui est en situation abdominale, est exposé directement à des lésions pénétrantes. De plus, l'utérus est richement vascularisé pendant cette période, ce qui fait que toute plaie utérine ou pédiculaire peut entraîner un choc hémorragique maternel mettant en jeu le pronostic maternel et fœtal… »

Parvenue au dernier paragraphe, Nathalie inspire profondément.

« En accord avec le mari de la patiente, l'équipe médicale a donc pris la décision de pratiquer une hystérectomie d'hémostase… »

— Nous n'avions pas le choix... C'était ça ou te perdre..., chuchote Patrice, la gorge serrée d'émotion.

— Je sais. Je ne t'en veux plus.

Après quelques minutes d'un silence entrecoupé du seul crépitement des flammes, Nathalie reprend d'une voix brisée.

— Seulement... Quand les médecins m'ont annoncé que je ne pourrais plus jamais avoir d'enfant...

Sa vue se brouille. Son visage se contracte.

— Je sais.

— C'est comme si on m'avait tuée une seconde fois..., murmure-t-elle en essuyant ses larmes.

— Faisons ce qu'on a à faire, tu veux bien ? suggère doucement Patrice.

— Attends ! Montre-moi encore le papier de la DDASS...

— Tu n'as pas changé d'avis ?

Nathalie secoue la tête.

— Sûre ?

— Certaine. Ça anéantirait Amélie de savoir qu'elle a été adoptée. Il y a des secrets qu'il faut savoir garder.

— Pourvu qu'elle ne l'apprenne jamais...

— Comment veux-tu... ?

Puis après un moment :

— Vas-y ! Brûle tout.

Nathalie croise ses bras sur ses épaules en se balançant légèrement d'avant en arrière. Puis elle ajoute, le regard vide :

— Il fait si froid. Vas-y. Ça ranimera le feu.

— *Que ta grâce oriente les pensées et les actions des époux vers le plus grand bien de leurs familles*, dit alors Patrice en s'agenouillant devant la cheminée.

— *Que l'amour, affermi par la grâce du sacrement*

de mariage, soit plus fort que toutes les faiblesses et toutes les crises que connaissent parfois nos familles..., répond Nathalie dans un souffle.

À mesure que les pages ploient et se tordent sous la chaleur des flammes, Nathalie éprouve un grand soulagement. Quand il ne reste aucun vestige de leur dernier secret, elle tire les tentures du salon et rejoint son amant. *On est si bien tous les deux, maintenant que nous savons que nous ne vieillirons plus ensemble !* dit-elle tandis que Patrice fait lentement glisser sa jupe le long de ses cuisses.

Composé par Nord Compo
à Villeneuve-d'Ascq (Nord)

Imprimé en avril 2013
par Black Print CPI Iberica
à Barcelone

POCKET – 12, avene d'Italie – 75627 Paris cedex 13

Dépôt légal : mai 2013
S22303/01